谈古论今　感悟人生

——兼论国人十大思想认识误区

刘奎武　著

北　京
冶金工业出版社
2015

内 容 提 要

本书记录的是作者在繁忙的工作之余涉猎文史哲引发的所思所想。本书通过对当今社会现象的分析，以犀利的笔触，表达了作者的爱憎，歌颂了真善美，抨击了假恶丑，释放着正能量。

图书在版编目(CIP)数据

谈古论今　感悟人生：兼论国人十大思想认识误区/刘奎武著．—北京：冶金工业出版社，2015.7
ISBN 978-7-5024-6954-2

Ⅰ.①谈…　Ⅱ.①刘…　Ⅲ.①散文集—中国—当代
Ⅳ.①I267

中国版本图书馆 CIP 数据核字(2015)第 132646 号

出 版 人　谭学余
地　　址　北京市东城区嵩祝院北巷 39 号　邮编　100009　电话　(010)64027926
网　　址　www.cnmip.com.cn　电子信箱　yjcbs@cnmip.com.cn
责任编辑　姜晓辉　美术编辑　吕欣童　版式设计　孙跃红
责任校对　郑　娟　责任印制　李玉山
ISBN 978-7-5024-6954-2
冶金工业出版社出版发行；各地新华书店经销；北京百善印刷厂印刷
2015 年 7 月第 1 版，2015 年 7 月第 1 次印刷
850mm × 1168mm　1/32；4.375 印张；117 千字；132 页
18.00 元

冶金工业出版社　投稿电话　(010)64027932　投稿信箱　tougao@cnmip.com.cn
冶金工业出版社营销中心　电话　(010)64044283　传真　(010)64027893
冶金书店　地址　北京市东四西大街 46 号(100010)　电话　(010)65289081(兼传真)
冶金工业出版社天猫旗舰店　yjgycbs.tmall.com
（本书如有印装质量问题，本社营销中心负责退换）

前 言

欣逢盛世应多思：观社会变迁，体人生百态，悟做人真谛，盼国人图强。

我写的几篇随笔，目的就是想从文化思想的角度阐明一些与当今人们现实生活有密切关系的社会问题。

拿破仑有句名言：“世界上有两种力量，利剑和思想，利剑总是败在思想手下。”

公元2012年12月中国共产党开始的“党的群众路线教育实践活动”，要求领导干部“照镜子、正衣冠、洗洗澡、治治病”，习近平总书记多次强调要“老虎苍蝇一起打”。这次思想领域里的教育实践活动，在中国社会发展过程中具有里程碑意义。我在文中多次提及“不如此，国将不国。”我一直坚持这一观点。这次活动强化了思想力量，又磨砺了利剑，于国于民都是非常及时的、必要的。

我在随笔中对当今社会不良风气、现象进行了分析批评；讲了立志成才；评价了历史人物；阐述了儒法关系。阐明如何看清美日关系，及日美的本性等问题。可以说想说的话很多，想谈的问题很多，想引起国人注意的问题也很多。

在十大思想认识误区篇章中，对社会中不良的人和事有直白阐述，重点讲了信仰和价值观。抨击贪腐和丑恶，歌颂古今英雄伟业的资料有出处，对有些误传和误导给予了纠正。

谈古论今，多篇文章中引用了诸家名言名篇，对引用的毛主席诗词以影印资料为准。

随笔中按思路所需，有的古诗词通篇选用，加以解读，为青少年读者增加了知识性、趣味性和准确性；有的篇章中，从名人文章中引证的警句，均标明了出处。

通篇选用的文章及作者有：苏轼《前赤壁赋》等二篇；范仲淹《渔家傲》等二篇；李清照《一剪梅》等三篇；岳飞《小重山》一篇；曹操《龟虽寿》一篇；李煜《虞美人》等二篇；白居易《长恨歌》节选；杜牧《泊秦淮》一篇；李商隐《无题》一篇；杜甫《咏怀古迹》一篇；罗隐《西施》一篇；曾国藩家书一篇；孙中山《七绝》一首。

被索句的名人有：孔子、孟子、老子、司马光、陆游、陶渊明、郑板桥、鲁迅、瞿秋白、李嘉诚、梁漱溟、王蒙、萨苏、马基雅维利（君主论作者）、泰戈尔、莎士比亚。

孔子说“不学诗，无以言”。在中华文化中“诗教”

一直起着重要作用，学习古典诗词，可以强化中国人对自己祖国文化、历史、礼仪、伦理的认同感。

本随笔以继承、发展、完善的理念，以喜闻乐见的形式歌颂“好”抨击“坏”。

如能达到上述目的，我心足矣。

刘奎武
二〇一五年二月

目　录

第一部分　谈古感悟

第二部分　论今感慨

第一部分

谈古感悟

一、聪明与糊涂

（一）郑板桥与糊涂老人

清乾隆年间，郑板桥（1693～1765）游览至山东莱州云峰山，本想观赏山中郑公文碑，但因天色已晚，便借住山中一茅屋。茅屋主人是位儒雅老人，自称糊涂老人。主人室内陈列一方桌般砚台，石质细腻，镂刻精良。郑板桥大开眼界，赞叹不已。

当晚，老人请郑板桥题字，以便刻于砚台上。郑板桥便题写了“难得糊涂”4个字，盖了方印“康熙秀才、雍正举人、乾隆进士”。因砚台大，尚有余地，郑板桥请老人题跋。老人提笔写道：“得美石难，得顽石难，由美石而转入顽石更难。美于中，顽于外，藏野人庐，不入富贵门也。”也盖了方印“院试第一、乡试第二、殿试第三”。郑板桥见之大惊，方知老人是一位隐居于此的高人。因感慨，郑板桥提笔补写道：“聪明难，糊涂难，由聪明而转入糊涂更难。放一著，退一步，当下心安。非图后来福报也。”

两人如遇知音，谈天说地，十分惬意。老人取出一壶美酒，告知板桥，该酒是一位友人从黔北茅台镇捎来的，但闻其香，未知其名。板桥着杯品尝时，顿感：窖香浓郁，口中幽香久久不散。不由脱口赞道："快哉！此游云峰山，幸遇糊涂仙人，享其美酒，真乃糊涂仙境也！"语罢，两人抵足畅饮，长谈至天明。

（二）曹操与杨修

杨修（175～219）听到曹操（155～220）的行军号令"鸡肋"，便回营房打背包。同僚问其缘故，他说："鸡肋者，食之无味，弃之可惜，丞相肯定要撤兵了。"最终，曹操借口杨修泄露军事机密，将其杀掉。

李卓吾即李贽（1527～1602）明朝思想家、文学家。李卓吾评点"三国演义"时曾指出"凡有聪明而好露者，皆足以杀其身也"。不幸的是李贽也死在"聪明而好露"上。这是少数文人好出风头、哗众取宠、恃文傲世恶习招来的祸端。不难看出，杨修不是真正聪明，而是才华外露，行为浅薄之人。

杨修的父亲杨彪是曹操的对头，杨修的舅舅袁绍（154～202）是曹操的宿敌。袁绍之子袁尚与袁熙勾结辽西乌桓首领蹋顿，屡次骚扰边境，以致曹操不得不在建安十二年（公元207年）毅然北征打败二袁。曹操在征北凯旋途中写下了著名诗篇《观沧海》。

杨修错误地估计了形势，他与曹植（192～232）惺惺相惜，成了植党成员。曹操在很长一段时间里确曾想立曹植为太子，认为他是儿子中最可定大事的人，很宠爱曹植。可是，曹植生性放任不羁，饮酒不节制；而曹丕（187～226）恰恰相反，在曹操面前自饰忠顺。曹植逐渐失去宠爱，曹丕被立为太子，后即帝位。

杨修介入宫廷最高层的权力分配中，这就为自己后来的结局埋下了祸根。涉及江山大业，保住政权才是首选。致命把柄在曹操手中，杨修还在曹操眼皮底下要小聪明，那不就是找死吗！

所谓糊涂老人，是能看透世界的高人；杨修是不聪明的聪明人。

小聪明者多有赌徒心理，一厢情愿想事，施展一点小伎俩，但后果大都不好。

“聪明难，糊涂难，由聪明而转入糊涂更难。”道出了人的智慧飞跃和境界提升之艰难。

大千世界里，人人都在施展才智，结果却大有不同。

有一句话叫“心事宜明才华须韫”。是说君子之心清流澈如水，不可使人不知；君子之心又应才华玉韫珠藏，不可使人易知。

当今社会讲究自由平等，在才学方面也应如此。我们不主张每个人都把才能深藏起来，那不仅会使个人空怀才学无处施展，对国家也是一种损失。

然而发挥才能要把握好时机，应该邦无道则隐，邦有道则现。

玉韫珠藏是一种成熟品格，不轻言浮议，而鸣则可惊人。

就连职场应聘都存在真聪明与小聪明。招聘方提出问题，应聘人员应如实回答。聪明者能做到恰到好处；小聪明者夸夸其谈，漫无边际，显示“才能”。当然，当今社会不会因为好露，引来杀身之祸，但后果是往往不会如愿。

有些道理很浅显，那为什么有些人还要反其道而行之呢？一是境界决定了他要那样做；二是大环境使然。因此，要举全社会之力改变不良社会风气。第一位要改的就是浮躁之风。

二、高处不胜寒

宋神宗熙宁九年（公元 1076 年）中秋，苏轼正任密州知州，想起被贬出京城的弟弟苏辙，写了《水调歌头》一词。

明月几时有？把酒问青天。
不知天上宫阙，今夕是何年。
我欲乘风归去，又恐琼楼玉宇，高处不胜寒。
起舞弄清影，何似在人间！
转朱阁，低绮户，照无眠。
不应有恨，何事长向别时圆？
人有悲欢离合，月有阴晴圆缺。
此事古难全，但愿人长久，千里共婵娟。

原文大意为：丙辰中秋，欢饮达旦，大醉，作此篇，兼怀子由。中秋节夜晚，诗人举杯仰问：明月什么时候才会有呢？浩瀚苍穹中，天上仙人的宫殿今夕是何年呢？他想乘风归去，又怕琼楼玉宇，因高高在上，不胜凄清寒冷。思绪急转之下，不如在明月照映下婆娑起舞、与清影为伴，天上的寂寞生活又怎么能比得上人间呢？诗人营造出一幅诗画意境，暗含着对现实有些怀疑和不满。然而出世不易，诗人还是安居人间，开始想念亲人，尤其是思念远方的弟弟苏辙。

月亮出来了，皎洁的月光绕过楼阁进入窗子，照见长夜难眠、满怀离愁之人。诗人埋怨起月亮来，月亮不应与人们有仇恨，为什么在人们分离的时刻变圆呢？在毫无道理的诘问之后，诗人意识到，人有悲欢离合，月亮也会有阴晴圆缺的变化，世事无常，永远不能十全十美。于是他把心中的怨与恨化作美好愿望：希望人人平安长久，即使远隔千里也可以共同欣赏美月。

高处不胜寒是一种自然现象，人经常把此语引入社会现象中。这首词一写成，很快流传开来，神宗看到“又恐琼楼玉宇，高处不胜寒”等几句时，感叹道：“苏轼终究是忠于君主的啊！”民国公子袁克文不同意其父称帝，其兄袁克定曾想加害于他。袁克文写下如下诗词：

隙驹留身争一瞬，蛩声催梦欲三更。
绝岭高处多风雨，莫到琼楼最上层。

还有一种相反的说法：不畏浮云遮望眼，只缘身在最高层。

高处不胜寒，演义到社会现象上，无论局部还是全局，总要有人到琼楼最上层。

中华民族危亡之时，没有毛泽东主席登上琼楼最高层，中国人民就不可能获得解放；袁克文反对袁世凯登上琼楼最高层，是正确的。因为，历史印证了逆历史潮流者登上琼楼最高层也要跌落下来。

身居高位，责任重于泰山，德才兼备者登上最高层是人民的愿望，也是人民的福祉。

名誉富贵来自道德。道德修养不是一朝一夕培养的，君子立德、立功、立言要慢慢成长；官位、财富、名誉要一点一点积累。如果用不正当手段短时间强行获得，那就宛如空中楼阁，转眼会土崩瓦解。财富要通过劳动付出得来；地位要依靠道德力量获得。

一个人的品德是人生的基础。没有好的品德，再好的学识不但不能益于人民，可能还会害人，权势越大危害越大。品行不端的人，很难在事业上有所成就，即使荣耀一时，终究会因贪赃枉法，极端自私，误国误民，直到违法犯罪，身陷囹圄。俗话说：爬得高，摔得重。看一看那些被双规的官员，个个走的都是这条路。

要成为事业成功者必须德才兼备。对于德才兼备的领导者而言，“高处不胜寒”的含义是无穷无尽地为人民付出。他们还要有时代特质。受磨难和受得了磨难的人很多，但不是每个人都能登上琼楼最高层。成大事者，固然有机遇成分，但机会只给有准备的人。他们必须抱着如临深渊、如履薄冰的谨慎态度。他们除了胸怀博大宽厚光明磊落外，还要注意细节积累，坚强的意志、完善的人格是成就其事业的基石。

三、立志与成功

近代学者王国维在《人间词话》中曾借用三组词句的意境来说明治学与人生三大境界。

“昨夜西风凋碧树，独上高楼，望断天涯路。”

“衣带渐宽终不悔，为伊消得人憔悴。”

“众里寻他千百度，蓦然回首，那人却在灯火阑珊处。”

这三组词句告诉人们，先要站得高望得远；再学会忍受孤独；然后还要善于发现和寻找，才能实现理想中的目标。

立志，说白了就是，人生苦短，就那么几十年（或百年），你打算如何度过？要会登高望远，要会寻找（发现）机遇，通过读书学间接知识，尔后践行。这种践行就是磨砺，可谓“立了再砺”。

陶渊明称“盛年不再来，一日难再晨。及时当勉励，岁月不等人”。

陆游称“古人学问无遗力，少壮功夫老始成。纸上得来终觉浅，绝知此事要躬行”。

要想成功，要抓紧读书，要在孤独甚至是苦闷中磨炼意志，善于在实践中总结经验，因为“纸上得来终觉浅”。一个人如果能在实践中建立起正确思维定式，他就会在事业中取得成功甚至能变挫折为成功。

正确的思维定式就是合乎逻辑的思维方式。把个人置于社会大环境中，给自己一个经过努力可达到的目标。老子名言："知人者智，自知者明。"要承认天赋，运动员中出了姚明、刘翔，那不是所有运动员能达到的。但我想你如果是位体育教员，在教学工作中尽其所能，为提高学生身体素质做出贡献，同样是有志青年，同样是成功人士。

不想当将军的士兵不是好士兵。二战之后此话早已流传，近期有点火。笔者认为，过分宣扬此话，对青年人成长不利。这实际上是一种激情的说法，不能武断的否定。然而由士兵变为将军毕竟人数不多，而且多数士兵不可能成为将军。过分宣扬，青年人会急功近利，不安心本职工作，给浮躁情绪加把火，少数无自知之明者会怨天尤人。

纵观雷锋一生，闪光的内涵是"螺丝钉精神"。正因如此，毛泽东主席才题词"向雷锋同志学习"。雷锋精神的价值是无限的，愿做革命事业螺丝钉的士兵是好士兵。

什么是登高望远，李素丽同志尽其所能学习、践行服务工作，而且与时俱进，天天月月年年在提高，并一直被"被服务者"称道着，这就是登高望远，这就是志向高远事业有成。这与运动员领冠军奖杯，电影明星走红地毯没本质区别。同样可与航天工作者媲美。

近期媒体报道，国人都在践行响应习总书记号召，圆中国大梦——民族复兴。诸多个体，尤其是青年人都确定了个人的梦想实现方法，都很生动具体现实，这是令人高兴的事。

做事业会遇到想象不到的困难，甚至思想上有反复都是可以理解的。北宋政治家、文学家范仲淹（989～1052）曾有一首词。

昨夜因看蜀志，笑曹操孙权刘备。
用尽机关，徒劳心力，只得三分天地。
屈指细寻思，争如共刘伶一醉？
人世都无百岁，少痴騃，老成尫悴。
只有中间，些子少年，忍把浮名牵系？
一品与千金，问白发，如何回避？

昨夜看《三国志》，不禁笑话起曹操、孙权、刘备来。他们用尽权谋和心力，只落个天下三分的局面。与其如此，还不如和刘伶一起喝一个醺醺大醉呢。下半阕也是感慨，人生一世活不过百岁，小时候不懂事，老了又衰弱不堪。只是中间一点点青年时光，又用来追逐名利。就算官居一品，成了百万富翁，你能回避白发老年的到来吗？

此词口语化，笔调诙谐。似乎在宣扬消极无为的历史观和及时行乐的人生观，一派颓废情绪。

其实此词是词人政治改革徒劳无功、心境极度苦闷时，酒醉后牢骚宣泄之举。酒醒后，词人依然奋进在仕途之路上。

范仲淹在《岳阳楼记》中写下了千古名句“先天下之忧而忧，后天下之乐而乐”。在戍边时写了《渔家傲》。

塞下秋来风景异，衡阳雁去无留意。
四面边声连角起。
千嶂里，长烟落日孤城闭。
浊酒一杯家万里，燕然未勒归无计。
羌管悠悠霜满地。
人不寐，将军白发征夫泪。

此词风格苍凉悲壮，语言雄浑有力。边塞秋色，戍边之苦，思乡之情跃然纸上又入木三分。

写作《渔家傲》的历史背景：

宋康定元年（公元1040年）西夏赵元昊称帝，发兵攻延州（今延安），宋与西夏交战。同年七月范仲淹与好友韩琦同时被任命为陕西经略安抚使，来到西北前线。后来范仲淹又以谏议大夫、枢密直学士的资格充当环庆路经略安抚招讨使、兵马都部署，与韩琦等分管陕甘军政大事。

范仲淹，忧国忧民大丈夫也。消极无为只是片刻儿戏而已。

人民警察为保一方平安，在与犯罪分子斗争或“处突”过程中献出生命；最美乡村医生，自身患病，滑铁索过江给患者治病……他们何止是立志成功，对他们的精神人们会由衷的加上“伟大”二字。正是沧海横流，方显出英雄本色。立志后实现目标的过程中有时会轰轰烈烈，但更多的是长久坚持，没有四渡赤水的精神长征就不能胜利。邹韬奋称赞鲁迅先生“许多人不战而屈，先生却是战而不屈！”遇到挫折和困难就要战而不屈。

“兴趣是最好的老师”这句话，近期炒作得有点过分。对青年人成长不利。顾炎武说得好“以兴趣始，以毅力终”。学习由始至终是个艰苦历练的过程。

不可否认，体育人才、艺术人才要从娃娃抓起，但从比例上讲这些人才是少数，中小学阶段的学生还是要智德体美劳全面发展的。只有中小学文化基础打牢的学生，未来才能有很好的发展。这就是为什么到大学阶段才分科系和专业满足兴趣要求的原因。大数学家苏步青指出：“语文你都不行，别的你就更学不通了！”这就说明学基础知识要全面发展，不可偏废，过分强调兴趣其实是一种急功近利的表现。

更何况马克思倡导“思考一切”、毛主席希望后人能“指点江山”。你不知道你的孩子将来一定会做什么工作。一厢情愿的事，落空者居多。

詹天佑称：“即凡做一事，无论人言之是非，先求己心之安泰。必须以事业为前提”。

霍金称：“不管人生看似多么困难，永远都有你能做到而且成功的事。”要做到经过你努力“能做到而且成功的事”。

能成为朗朗、丁俊晖……确实是好事，但不是人人都能做到的。不能赌，一旦输了，误人误己。

四、贪·腐·良知

有一篇述评写得非常精彩。“仿佛刚离开饥寒的人，忽然发现物质丰盈触手可及，那种日益膨胀的欲望，比起坚守道德底线的意志来得更加强烈。精神层面的说教，敌不过物质层面活生生的诱惑。欲望的洪水冲击着道德堤坝，让五千年文化在有的领域失守了”。评论分析了当今出现贪腐现象的外因。从历史长河看，贪腐现象是可防可治的。先说说“家治”，有眼光的政治家对于子女和部下是严格要求的。

曾国藩在与太平军激战获胜的间歇中，于1861年8月18日二更在安庆的战船上，提笔写信给兄弟子侄。信中没有描写安庆激战。也没有夸耀战绩，而是写下了对家族的寄望。这就是曾氏家族的“家训”。

“位不期骄，禄不期侈，凡贵家之子弟，其矜骄流于不自觉，凡富家之子弟，其奢侈流于不自觉，势为之也。欲求家运绵长，子弟无傲慢之容，房屋无暴殄之物，则庶几矣。”

直白地翻译就是：身居高位但不应该骄横，享禄利但不应奢侈。权贵家族的子孙，往往不自觉间就自大骄横，富裕家族的子孙，往往不自觉间就奢侈挥霍，这是由整个环境形势造成的。如果希望家族运势延绵长久，只有子孙们没有傲慢骄横的姿态，房屋里没有奢侈浪费的东西，那就有可能实现了。只有不骄横，不奢侈家族才能运势绵长。这一点在当今环境下完全可以借鉴。

有些官员、有些明星只想给子侄、子孙留名车豪宅，这就是他们运势不能绵长的根本原因。

我们再看看封建皇帝中“明君”是如何对待百姓的。

五代后蜀国君孟昶（919~965）为孟知祥第三子。即位后抑制权臣，加强集权。为治理国家曾写过二十四句官箴。孟昶降宋后，宋太宗赵光义选用了四句，由宋朝四大书法家之一黄庭坚书写成戎石铭。

尔俸尔禄，民脂民膏。
下民易虐，上天难欺。

译成白话：你的工资你的津贴都是百姓血汗钱。百姓容易被你虐待，但上天难以欺骗。

康熙重修太和殿，闽浙总督向康熙陈词劝阻。康熙被说服，下旨：“四川屡经兵火，困苦已极，采木累民，塞外松木，取充殿材，足支数百年，何必楠木？今免采送。”

封建皇帝尚能体恤民情民意，并有章法，实属难能可贵。为什么当今社会少数身居高位的人如此贪婪呢？须要唤起他们的良知，要宣扬道德楷模，更需要建立起遏制贪腐的制度。黑格尔曾说过，道德是弱者用来制约强者的工具。但只有道德宣扬不行，制胜的法宝：一是道德，二是权利。下面讲一点道德层面的事。

十一世班禅额尔德尼·确吉杰布在第三届世界佛教论坛上指出：“当今世界注重外物科学忽视内心科学，佛理是内心科学的精髓。”

我不懂佛教，但我知道能净化人们心灵的各不同教义都是内心科学的一部分。

潘基文获192个成员国（地区）推荐连任联合国秘书长时，他引用老子的话“天之道，利而不害；圣人之道，为而不争”。这位秘书长何等聪明，他承诺做好事，不争名利，只做实事。

正因如此，他才能连任。

人们只有唤起良知，才能看清本我，诗人郭小川说："但愿每次回忆，对生活都不感负疚。"

大小贪官都有补偿心理认为"付出多应该多得"。实际上，这种自认为"付出多"正是祸之根。贪官都有赌徒心理，错误判断形势，认为"机不可失"。"利令智昏"这几个字是对贪官淋漓尽致的写照，殊不知"物必先腐，而后虫之"（苏东坡）。手莫伸，伸手必被擒（陈毅语），贪官的要害是看不清本我。

一个人心头功名利禄欲望太强，他必然总处在一种忧郁与不满之中。自知者能摆正自己的位置；自然者能做到不属于自己的都不强求。只有这样才能超凡脱俗。在修养上下工夫，经过多年磨炼，甚至一生都在修炼方能达到不动心无所求的境界。"得陇望蜀"是对贪得无厌之辈的比喻。人的欲望是无止境的，有了财富还想要权利；有了权利后，用权谋求更多利益。在这种机遇期内，如果没有良好的道德水准，没有理智的约束，没有制度的制约，就容易胡作非为。因此，必须时时刻刻用道德标准衡量行为是非，必须用理智掌控欲望。适度的物质财富是必须的，也是必要的，追求功名以求实现愿望抱负也是对的。

但如果一个人被铜臭包围，自己成为财富的奴隶，为财富不择手段，为权力投机钻营，这种人永无满足，必然走向反面。

贪官落马，根本原因在其自身。但不能因此放松法理。

习总书记指出"将权力关进制度的笼子里'善禁者，先禁其身而后人'要做到踏石落印，抓铁有痕"。

《史记·孝文本纪》指出法正则民悫。

我们按习总书记指示反贪反腐，有法律。道德两大利器，经过艰苦努力，一定会取得胜利。

老百姓用十字令歌颂好官，讽刺贪官。

好官：
一尘不染，两袖清风
三思后行，四方赞颂

五湖四海，六神镇定
七情安然，八路作风
九泉无愧，十分可敬

贪官：
一叶障目，两面扇风
三人市虎，四面楚歌
五斗折腰，六亲不认
七情骚动，八面玲珑
九霄难盾，十分可恨

腐败有文化因素，也有政体因素。目前，在我国这两种因素正在改革完善。改革完善后的两大因素将会产生巨大的正能量。国力强盛的大氛围也更有利于反贪反腐。

人民获得了改革的、开放的实惠。人民得到实惠后，从心底支持反贪反腐。改革开放的红利必须惠及广大人民群众。因为，我们不是苦行主义和禁欲主义的信徒。

人民坚定不移地拥有党和国家政令，以习近平同志为首的党中央所发出的约法八章，在很短的时间内取得了极大成就并在继续发挥着推动作用。这一点世人皆知，世人拍手称是。

随着十八大精神贯彻，国力进一步强大，人民生活水平不断提高，反贪反腐的正能量将泉涌般不竭放出。

正如习近平同志所言：

昨天，雄关漫道真如铁；
今天，人间正道是沧桑；
明天，长风破浪会有时。

五、才女人生·女性人生

无论大家闺秀还是小家碧玉，都是社会进步的主力军，妇女在新中国被称为“半边天”。

李清照（1084～1155）号易安居士，山东济南人。其父李格非为散文作家，其母亦工文章，18岁与太学生赵明诚结婚。赵是金石考据家，赵出任莱州、淄州等地太守。金入侵，黄河南北陷落，夫妇渡淮南奔。混乱局势中，赵出任湖州太守，赴命途中死于建康（今南京）。此后，李清照只身漂泊在杭州、越州（绍兴）一带。

三年后，李清照嫁给张汝舟。张人品不佳，巧舌如簧。虽官居右奉承郎监军审计司之职却觊觎李清照的古器物。李清照提出离婚。宋朝《刑统》规定：“妻告夫，虽属实，亦须判刑二年。”李清照依然将张汝舟告上朝廷。张被革职，发配柳州，李也锒铛入狱。因其名重一时，只做了九天牢。此次婚姻前后不过3个月，故宋人著作中仍称她为赵明诚夫人。

李清照具有叛逆性格，她敢于挑战世俗，再嫁离婚。在那个时代是才女也是侠女。论才气当下社会也少人比及。当然，时代不同，可比性不同。李清照是宋代“婉约派”正宗词人代表，苏轼为“豪放派”词人代表。

李清照和北宋一些作者一样认为苏轼等人的词，“皆句读不茸之诗耳，又往往不协音律”，主张诗词应严格分开。词“别是一家”。

李清照蔑视权贵。她对秦桧深恶痛绝，她和秦夫人是亲表姐妹，却从不求助他们，即便是在逃难、被诬、下狱等最困难时候。秦府新落成之大庆，她严拒约请，可见其风骨之大丈夫气。她有家国之愁，写下《夏日绝句》“生当作人杰，死亦为鬼雄。至今思项羽，不肯过江东”。此五言绝句正是对一味逃跑、屈膝求和而毫无复国之志的昏庸君臣们的极大讽刺。是司马迁之后第一位盛赞项羽之人。

李清照所写的《一剪梅》是一首热烈而大胆地歌唱爱情的词。

红藕香残玉簟秋。轻解罗裳，独上兰舟。云中谁寄锦书来？雁字回时，月满西楼。

花自飘零水自流，一种相思，两处闲愁。此情无计可消除，才下眉头，却上心头。

初秋时节，池中荷花开始衰败，床上竹席已有凉意。丈夫出外远游，诗人百无聊赖，轻轻解开绸罗裙，换上便装，登上小舟去游玩，排遣心中寂寞和离愁。忽闻雁鸣，抬头望见南飞雁群，希望它们能捎来游子的书信。在诗人想象中，她独倚在洒满月光的高楼上思念丈夫时，大雁会捎回异乡丈夫的信。

花瓣凋零飘落在水中，江水悠悠流去，外界景物增添了诗人的惆怅。诗人与丈夫分离两地，彼此相思念，有一样的离愁，这种离愁用什么方法都无法消除。刚刚抚平皱起的眉头，离愁又萦绕纠结在心头。

从词中表现出来的李清照，天真、活泼、豪爽可爱。她是深于情、专于情又能勇敢的表露爱情、强烈要求爱情的女子。她感月吟风是为爱情；伤离惜别，也是为爱情：过雁征鸿引动她的心事；春花秋月惹起她的相思。她是大胆唱爱情的第一女词人。

李清照还有更曲折更含蓄的爱情表达手法。

《醉花阴》

薄雾浓云愁永昼，瑞脑消金兽。佳节又重阳，玉枕纱橱，半夜凉初透。

东篱把酒黄昏后，有暗香盈袖。莫道不消魂，帘卷西风，人比黄花瘦。

思念离别的丈夫，独守闺中的寂寞难以排遣，相思和离愁像薄雾又像浓云，或淡或浓萦绕在诗人的心头。又逢重阳佳节，天气渐凉，香炉里燃着香料，散发出微微的香气，在纱帐里安睡的诗人，半夜醒来，已感到初秋寒意凉彻全身。黄昏在菊花丛边饮酒闲坐，回家后，袖子里仍有菊花幽香。别以为这种独守闺中的寂寞离愁，不会让人黯然销魂，当西风吹过，拂开门帘，你会发现里边的人比地下凋零的黄花还要憔悴。

用黄花比人的瘦，用瘦说明长时间痛苦的相思，不说情，情愈深。此词广为流传，在于它的创造性和深刻性。

李清照热烈地表露和歌唱爱情是对封建礼教的冲击，具有反封建礼教束缚的意义。

李清照的词不仅写爱情，还有带时代、社会因素的词。

《永遇乐》

落日熔金，暮云合璧，人在何处？染柳烟浓，吹梅笛怨，春意知几许？元宵佳节，融合天气，次第岂无风雨？来相召，香车宝马，谢他酒朋诗侣。

中州盛日，闺门多暇，记得偏重三五。铺翠冠儿，捻金雪柳，簇带争济楚。如今憔悴，风鬟霜鬓，怕见夜间出去。不如向，帘儿底下，听人笑语。

黄昏时分，落日像熔金一般灿烂夺目，暮云弥漫合拢，珠帘璧合。日暮之景如从前一样美妙绝仑，可如今国破家亡，人事全非，诗人落得到处漂泊，孤苦无依。新春时节，梅花渐凋，新芽柳枝远望如缘雾笼罩。春天气息来了。正值元宵佳节，酒朋诗侣驾车乘马前来，相邀一起赏春。天气如人生，谁知转眼间会不会风雨大作？于是诗人谢绝了友人相约，独自待在家中。

回想北宋灭亡之前，中原繁华兴旺，正值诗人少妇时期，有很多闲暇之日，尔今她怀念最多的是元宵佳节。那时诗人整饬严妆，满头插戴，整齐靓丽。如今却是风尘劳碌，青丝散乱。世事沧桑变迁，诗人已无心在元宵之夜的街市上赏灯娱乐，她怕触景伤情徒劳伤感，只好在门帘下听人谈笑，排遣伤情。

李清照南渡后所作之词，表现的情感是极为沉痛的，所反映的内容不仅仅是个人不幸，而且带有社会性。词中“如今憔悴……不如向，帘儿底下，听人笑语。”别人的欢乐，正好衬托出她自己的痛苦之深。南宋小朝廷卖国求全，把祖国大片河山拱手让敌，苟安一隅，醉生梦死。

在“直把杭州作汴州”的年代里，李清照个人生活今昔之感所引起的深愁，也正蕴含着对国家兴衰之深愁。

说过大家再说说小家，明末一小家碧玉，其夫染赌，不但输掉菜钱，还偷了邻家耕牛变卖为赌资。

自叹命薄嫁赌夫，明日菜钱今日输。
端阳佳节空手过，何来颜面对父母。
万里长江水悠悠，难洗今日满面羞。
妾身自知非织女，郎君何故学牵牛。

几年前，焦作市全国劳动模范铁紫娟女士曾写过一首词，表达了对爱情的渴望。

独守空帐暗长叹，芳心寂寞有谁怜，十年弹指一挥间，何时鹏程能得展，何时人月能两圆。这乱愁千万端，却与谁人谈。

民国时期，上海女孩吕碧城，12 岁时写了一首词

绿蚁浮春，玉龙回雪，谁识隐娘微旨？夜语谈兵，春风说剑，冲天美人虹起。把无限时恨，都消樽里。君未知？是天生粉荆脂聂。

试凌波微步，寒生易水。浸把木兰花，谈认作等闲红紫。辽海功名，恨不到青闺儿女，剩一腔豪兴，写入丹青闲寄。

此奇才女孩，后来这样叙述她的情感历程：生平可称心的男人不多，梁启超早有家室，汪精卫太年轻，汪荣宝人不错，也已结婚，张謇曾给我介绍过诸宋元，诸诗写得不错，但年届不惑，须眉皆白，也太不般配。我的目的不在钱多少和门第如何，而在于文学上的地位，因此难得合适的伴侣，东不成，西不就，有失机缘。幸而手头略有积蓄，不愁衣食，只有以文学自娱了。

我们读李清照的词除了艺术上享受外，会觉得这是一位伟大的女性，属于人杰、鬼雄类型；读铁紫鹃的诗感到是一位纯朴女性的内心倾诉，她需要爱情；而那位民国时期小姑娘的词透着天真幼稚可爱，很重要一点她没有门第思想，主张情投意合。

一个国家的女性地位，反映出这个国家的文明程度，我国在共产党领导下，女性地位空前提高。相比之下，世界各国情况，妇女地位堪忧，英美军中女兵备受欺辱；佛教国度印度，强奸案却层出不穷；日、韩等国家女性中虽然也有女总统、女部长等，但普通女性的社会地位并不高。

我以为，只有广大女性地位的提高，才是真正文明的标志。平心而论，中国女性无论是政治地位，还是经济地位都是很高的。但是，从全局看女性仍是弱势群体。交往中，“大男人如何如何”、“纯爷们如何如何”家庭生活中父亲是天，母亲相夫教子……就连“女强人”称号，女性自己都不愿意要。

女性提高地位，首要的是要加紧学习，提高自己，这一点说来轻松，做起来不易。女性要自强自立自尊，我看最重要一点是“有尊严的生活”。非法同居，这个词近来越少见媒体传播。本篇写的是女性内容，先不说不负责任的男性。

少数女性诸如网上交友、同居，与外国人交往，搞一夜情。最近在电视上看到一则消息，同村的一对老人，老汉70多岁，女伴年近70，各自丧偶，本来寻求爱情，无可厚非。但因二人没办理合法手续，分割家庭财产时与子女产生激烈矛盾。这种“观念开放”是要不得的。凡欲望之事均属开放态，没人管是不可能收敛的。设想一下，如果人人随心所欲，社会将会是个啥样子？社会要想有秩序，必须用法律和道德约束万民。否则，原始的欲望流，将会把社会冲击得乱七八糟，这不是开放，是文明退化。

社会文明发展到今天，“半边天”的事必须给予高度关注。要宣扬古今中外优秀女性，要宣传她们对国家对民族的奉献。要鼓励女性在法律保护下的个性发展。为她们享受生活，享受爱情提供、创造条件。

近年怪事不少，少女傍有钱老头；有妇之夫、有夫之妇网上频交异性伙伴；征婚骗人广告满天飞，出钱报纸（刊物）就给登；某星与外国男友无证同居不受约束，不受指责，反而在镜头里大谈爱情；有些影视节目，在情节中的婚外恋被歌颂。

中国就是中国，比如学外国人搞接吻比赛，纯属无聊，这不是中国特色。

报载，某地准备了一批年轻漂亮的女青年的个人资料，供财力殷实的大款们挑选，这和女性商品化没什么不同。

仔细想一下，在这诸多现象中，非法同居是要害。这一欲望链条将会导致“性自由，性解放”，这并不是危言耸听。

当精神层面的说教，敌不过物质层面活生生的诱惑时，法律要发威。现在的问题是法律早就有了，却没人认真抓这件事。

呼吁一下，理论工作者和执法者们抓一下这项工作。

和睦家庭，男人要给女人释放潜能创造条件。罗斯福夫人埃莉诺说：“女人就像一个茶包，只有放在热水里你才能知道她有多厉害！”

有一个对杨澜夫妇的采访很有意思。

记者：作为明星夫妇，你们的一举一动都曝光在媒体下，外界的种种看法对你们还会有影响吗？

吴征（杨澜丈夫）：我早就习惯了，把自己的位置放好就行了，永远都是她当红花，我当绿叶。她做阳光媒体，我就做七星娱乐，亮度不如她就行了。你知道七星为什么叫七星吗？当阳光下山的时候，七星就出来指路，当阳光重新升起的时候，七星就隐退在它的光芒之中啦。

吴征创造条件，使得杨澜充分释放潜能。

当今社会，谁也不再提倡“从一而终”。但对于爱情专一还是要称道的。

1962 年 6 月 3 日，毛泽东主席给邵华书赠《上邪》。

《上邪》乃汉朝民歌《饶歌》第十六曲。

> “上邪！我欲与君相知，长命无绝衰，山无陵，江水为竭，冬雷震震，夏雨雪，天地合，乃敢与君绝！”

译成白话：“苍天啊！我对你发誓，我和我的爱人相亲相爱，我们爱情永远没有断绝的时候，只有山平了，江水枯了，冬天雷声阵阵，夏天雨雪纷纷，天地合而为一的时候我才敢决定与您断绝关系！”

词中举了五种不可能的自然现象来比喻女子对爱情的忠贞不渝和坚定不移。

六、教育·教育革命

雅斯贝尔给教育下了一个定义，“教育本身就意味着一棵树摇动另一棵树，一朵云推动另一朵云，一个灵魂唤醒另一个灵魂”。

孔夫子一生主要活动是聚徒讲学，主张有教无类。讲的是各阶级各阶层的人都可以到他门下接受教育，把知识传播到广大社会中。

孔子提出“仁”的主张。依着他的解释，“仁”是“己所不欲，勿施于人”。爱人，己欲立而立人，己欲达而达人，最高境界是“博施于民，而能济众”。现今我国的教育方针是德、智、体、美、劳全面发展，是很科学的。

胡锦涛同志在 2006 年 8 月 29 日《办好人民群众满意的教育》一文中指出：“教育涉及千家万户，惠及于子孙后代。保证人民享有接受教育的机会，是党和政府义不容辞的职责，也是促进社会公平正义，构建社会主义和谐社会的客观要求。”

这一论述是办教育的指导方针。教育要对历史、对人民、对子孙后代负责。有关教育讲 6 个问题。

（一）提高学生身体素质，要让学生吃点苦

毛主席曾提出“发展体育运动，增强人民体质”。而当下却有一个不争的事实，生活水平确实提高了，但是学生体质却不

如前些年了。

为什么？两个字“缺练”。这是一个值得举国关注的大事。其实教育的内涵本身就包括体育教育。体育教育大家马约翰说过“体育是培养健全人格的最好工具”。独生子女这一拨年轻人，4 位老人、两个中年人共同关注一个孩子，比如上体育课，擦破一点皮，体育老师都怕吃罪不起；小孩子如果踢足球伤着了，谁承担责任？从而许多学校撤销了体育课，问题是严重的。

有些有识之士却主动给孩子找“吃苦机会”，这一点值得称道。但也有相反的例子，孩子上大学了，家长却给配了一名家政员为其服务。这就有点过分了，小富即奢，太短视了，这种扭曲的爱起了害的作用。

我们不能无端地指责家长，但也要提倡家长应该有点儿远见卓识，庭院里训不出千里马，花盆里种不出万年松。

诚然，现在人民生活水平确实提高了许多，但不能满足于现状，还有好多梦尚未实现。身体是革命的本钱，这句话似乎有点不常听见，但它是有道理的。对中、小学生而言，刻苦磨炼有两层意思，如果你能每天跑 1500 米（并不难，可以达到）身体可以强壮；意志也可以坚强。然而能做到这一点的中小学生并不占多数。

总之，应该从制度上保障体育的地位，提高体育教师的地位，上体育课谈不上风险。难道因怕风险解放军战士就不训练了吗！

体育能让人树立拼搏精神。往大了说，体育精神可以使青少年在未来的世界范围内的竞争中能够勇往直前。只有经得起痛苦煎熬的人才能创造大事业。正如孟子所言，“故天将降大任于斯人也，必先苦其心志，劳其筋骨，饿其体肤，空乏其身，行拂乱其所为，所以动心忍性，曾益其所不能。”人生之路要耐困苦，耐空寂还要耐心酸。咬咬牙关隘就能过去，波浪就会被抛身后。且不可效仿八旗子弟，一生无所事事。

没有健康体魄的民族，很难有未来，这并非危言耸听。

（二）教育人不只是口号，没有规矩无法成方圆

一个灵魂唤起另一个灵魂是教育的真谛。近几年，有些地方浮躁之风严重，只注重分数，该管的事没人管。

中小学生吸烟就是没人管，听说不敢管；大学生在校外包房也没人管……笔者认为，这不是小事，歪风盛行时间长了，校风就没了！人心就散了，那不就自由化了吗！

建议对口管理部门要立规矩（定制度），要有章可循，再不去抓，那是失职，也是失德，应该问责主管人。

大多数教师，能为人师表。但有的教师稍有点名气，就办培训班，一节课就收费上百元甚至还要多，这就失德了，市场经济也不可以这样，这种灵魂不能唤醒正义。当然，改变这种现状也要有制度保障。

可以这样说，教育问题，道德是软件，制度规矩是硬件，两者缺一不可。

（三）师德

教育事业是崇高的事业。说崇高，是因为教师是在塑造人类灵魂。

“春蚕到死丝方尽，蜡炬成灰泪始干”是人们歌颂教师的名句。最美女教师张丽丽，用身躯保护学生，堪称教师之楷模。在2012感动中国人物颁奖会上，张丽丽老师将师德升华到一个新的境界——教师教书不只是谋生手段。

在边远山区，教学复式班；一位老师每天在山间小路上接送学生，每逢雨季要背学生过河……真是感人至深。

这就是现实版的师德画面，这是教育的希望所在；这是教育界的正能量。

有了这些，4%的教育投入一定会得到丰硕的回报，这就是“博施于民，而能济众”。有了这些，教育兴国梦一定会实现！

为了增加知识性、趣味性，笔者介绍一下“春蚕到死丝方尽，蜡炬成灰泪始干”这一句的出处。

此句出于李商隐的《无题》诗：

> 相见时难别亦难，东风无力百花残。春蚕到死丝方尽，蜡炬成灰泪始干。
>
> 晓镜但愁云鬓改，夜吟应觉月光寒。蓬山此去无多路，青鸟殷勤为探看。

对此诗人们有不同的看法。有人认为该诗是李商隐写给妻子王氏的。从诗文内容看，它就是一首爱情诗。想象中所爱之人住在遥远的、虚无缥缈的、仙女们栖居的蓬莱仙山上，自己又渴望着能到达那里……实现这一愿望谈何容易，到那里要百花残，云鬓改，月光寒，还要春蚕死，蜡炬成灰。这是一种希望与幻想交织在一起的心境。李商隐（813～858），晚唐诗人。当时，牛僧孺的重要成员令狐楚，李德裕党的王茂元均赏识李商隐。王茂元还把女儿嫁给李商隐。其后，李党被牛党排挤。李商隐在党争的夹缝中过日子，只能做些幕僚工作，潦倒终身，45岁时死在了郑州。

李商隐擅长律、绝，富于文采，构思精密，情致婉曲。后人评价不一，解释不一。《无题》均有所寄寓，其真实意义说法各异。

无题诗特点：音调和谐婉转，对仗工整。

李商隐《无题》诗的基调是凄凉伤感的，而不是欢乐昂扬的。《无题》诗被后人认为是爱情诗的代名词。

李商隐用“春蚕到死丝方尽，蜡炬成灰泪始干”这样有创造性的艺术形象来表达对爱情的执著不渝，自然会成为人们传诵的名句。

借用这样名句歌颂教师有两层意义，一则是教师这一职业是崇高的，人类灵魂的工程师有伟大的执着奉献精神；二则是从事教育事业的人们，以名句精神为终生奋斗目标，这种价值观人生观是有无限生命力的。

（四）家教

有一种说法“家长是孩子的第一任教师”。问题是这第一任教师怎么当?

打骂，不行；放任也不行。虎妈虎爸的做法不值得提倡。教育子女应该因材施教循序渐进，一个“度”字很难掌握。

有的家长，为孩子提供了基本的物质保障，告知孩子要遵纪守法，剩下的事就托付给学校老师了。这种状况不是少数，成材率也不低。

有的家长做法与前者不同，请家教，报各种学习班，目的是提高竞争能力。殊不知青少年成长期，负担过重会造成身心疲惫，甚至留下疾患。

最近教育部门要求给中小学生减负，这是英明之举。

一棵小树需要浇水，但不可缺少阳光。学知识如同浇水，浇水过多也吸收不了。没有玩的时间，等于缺阳光，缺了阳光的小树是长不成材的。

司马光《涑冰记闻》中讲了一个故事，令人思考。

故事说的是宋真宗时期的名臣寇准小时候不务正业，不拘小节，玩鹰玩狗，常和一些市井无赖混迹于街头巷尾。为此，寇母十分生气，常劝寇父严加训子，但收效甚微。一次，寇准饭后不思读书，又欲出走。寇母大怒，命家人将寇准锁于屋内，拿起身边秤砣砸过去，秤砣不偏不倚正好砸到了寇准脚后跟，顿时血流如注，使他多日无法行走，不得不以读书消遣。久之，寇准乐在其中，终于在朝廷科举之时，一举中第。拜相富贵后，寇准明白了母亲的良苦用心，每次触碰到伤疤，即流泪不止。这个故事叫做“寇母掷子”。

故事告诉人们，当一个孩子精力充沛，有走邪路倾向时，要管教，不能放任；而且要与正常管教有所不同。这和孩子已经很努力，家长还层层加码，达不到理想要求时的体罚完全是两回事儿。当然，我们并不提倡“用秤砣打”的做法，这个故事还反映了子女的感恩之情。

有一句话叫做“小时了了，大未必佳”，令人深思。小孩子有一些良好表现要善于引导，使其保持良好状态。有些富二代、星二代甚至三代，却被周围的人捧上了天。结果却是事与愿违。

我在想，不妨学习一下京剧世家谭家的家训。远了不说，谭元寿、谭孝曾、谭正岩近三代人，个个成材，一辈一辈传承着国之瑰宝京剧。能有如此成果，一句话家风正，不追风，不作秀，不自我感觉优越，带着责任感做人做事。这正是谭家经久不衰的根本原因。在谭家人的人生过程中，个个耐得住寂寞，苦学苦练，严于律己，决不游戏人生。

（五）苦中乐真，苦是乐的种子

有一个事实，经历过上山下乡的人群中成材率高。我们不去谈论上山下乡的是与非，只探讨一下当年这一群人中为什么成材比例高。我看用“适者生存”之理，可以解释之。

自己不做饭就要饿肚子，采点野菜可弥补口粮之不足；手头工具坏了，如果修不好，就要少挣工分；拖拉机坏了，不会修理，要误农时，他们通过实践掌握了知识解决了实际问题，成就感油然而生。

更重要的是这一人群求知欲特别强，他们要改变现状，要改变自己的处境。他们像韩愈《进学解》中所描述的那样，以“焚膏油以继晷恒兀兀以穷年”的精神用功学习。他们对生活期望值不高，只求尽快吸收知识。他们这样做是自觉的，没人强迫他们。

这一人群中，成功者得到的快乐，不只是终结的快乐，更重要的是过程中的快乐。

还有一种说法乐是苦的根苗。孔子说过“天下无常进退无恒”。会不会出现“艰苦奋斗后赢得乐，乐极后又腐败呢?”个案会有，但总的趋势不会。因为梅花香自苦寒来，梅花的生命周期中，年年经历寒苦，年年把香气洒给人间。这里还有一个重要因素，教育要起作用，知青人不但自己成材，成为国之支柱，而且传承优良作风。

现如今的青少年成长在十分优越的环境中，吃好的，穿好的。精神生活，物质生活，空前美好。这很正常，也是我们所希望看到的。我们没有必要也不可能复制过去。

“乐极生悲，苦尽甘来”是人们常说的一句话。一个人的成功，可以从恶劣环境中奋发而来，也可以在顺境中不满足，不断求进而来。顺与逆是相对的，逆境条件艰苦，要不气馁，顺境中谨防止步不前，不可自满，还要为志向而奋发，才会有抗争之乐。后者情形符合当下青少年生活环境。

为志向而奋发，就是要求今天的青少年要有梦，并为之而奋斗。梦不是随意可圆的，而是要经过艰苦卓绝的奋斗方可圆梦。

教育工作者要在润物细无声中帮助青少年圆梦。

人生本来是多灾多难的。征服苦难后，又可能乐极生悲，盛极利衰。要实现乐后不悲，必须为实现抱负去拼搏，这个抱负就是我们所说的梦。梦的内涵是：为苍生和后世子孙多做好事，永做好事。

（六）论高等教育

这个题目有点大，大就大吧！不知能否说清楚。

春秋末年，天下大乱。孔子考虑如何才能使社会安定和谐。武力，他没权力，也做不到。他想到实现抱负的唯一办法是办教育。

孔子编了教材，《诗》、《书》、《乐》、《易》、《礼》、《春秋》称六经；还有伴有实习性质的六艺——《礼》、《乐》、

《射》、《书》、《数》、《御》。

到了汉朝，六经只剩五经（去掉乐经），董仲舒向汉武帝上奏章，建议把儒家思想定为统治者统治人民的正统思想，汉武帝采纳了这个意见。从此，儒家思想成了中国人治理国家的正统思想。

所谓正统，就是国家的方针政策要以五经为依据。从汉武帝始到清朝灭亡约2100年，五经成了官人读本。

《礼记》里称："大道之行也，天下为公，选贤与能，讲信修睦，故人不独亲其亲，不独子其子，使老有所终，壮有所用，幼有所长，鳏寡孤独废疾者皆有所养。"

面对上面的一段话，再回忆一下前面介绍的孔子有教无类的仁的主张，博施于民，而能济众的境界，应该说孔子有全民思想，经典作品永远不过时。想想看，如果今天的大学生在学校里多受些这类教育，对其成长将很有利。

哥伦比亚大学教授安德鲁·德班科所著新书《大学的过去、现在和理想》于2013年4月出版。记者叶一志专访了他。

问：大学的职能到底是什么？

答：我书里的一个主题就是讨论大学最重要的成果是什么，知识？当然，研究型大学创造新的知识。但我认为本科院校真正的成果是培养在公民投票的时候、表达政治观点的时候、推动社会变革的时候，运用自己辩证思维的公民。世界日益复杂，存在很多棘手的问题，我们怎样梳理体制，分配资源，确保老有所终，壮有所用，幼有所长。我们必须要有能够思考这些问题的公民。否则，就是政府直接替你做出这些决定。正如托马斯·杰弗逊在美国革命之初就确定的那样，大学的职能在于培养有教养的公民。我们需要这样的公民，不单单是有工作技能，还要有独立思考的能力。

这就是美国本科学院的传统职能，也会是美国本科学院在未来恪守的准则。

一位美国现代教育家和两千多年前《礼记》的育人思路一

样，即是培养出来的人要忧国忧民心存让人民“老有所终，壮有所用，幼有所长”之信念。

这不是巧合，也不是翻译技巧，而是育人真谛被不同国家不同民族接受而产生的共同认知，培养人才要以德为先。

美国办大学目的是培养有工作技能、有独立思考能力、有教养的公民。

中国办大学目的是培养有文化（专业知识）、有民族复兴精神，能传承发展中华文化的劳动者。

美国本科学院的传统是，学生都需要学习历史、文学、艺术史等课程，一两年后再做专业选择。如果学生需要专业塑造，本科毕业后在研究型大学继续学习。不能过早限定年轻人的路，让年轻人探索不同领域；同时探索自我，知道我是谁，我的热情在哪里，我想成为什么样的人。因为，刚进入大学的年轻人并不很清楚未来要走什么样的路。

教育的本源是引导人们离开无知的黑暗，奔向知识的光明。上大学是为就业做准备还是为适应社会变化做准备？就目前现状而言多数人认为是前者；从深层次、从社会发展看应该是后者。

笔者认为，目前国内大学有两点做得不到位。

“德为先”落实得不够。提到这一条也不能单单要学校承担责任，社会也有责任。考入知名大学的学生的确值得庆幸，但冷静下来思考一下也属正常，没什么值得大惊小怪的。但是，目前宣传张扬过分，有些有实力的单位个人甚至解囊相助……好在今年北京大学带头收敛了此事，说明人们已经开始冷静处理此事了。

进了大学，应该说要想掌握知识，是要付出艰辛代价的。

但由于管理不严，受浮躁之风诱惑，少数学生走捷径，考试抄袭，论文作弊。更有甚者，极个别学校教师也抄袭别人的论文。

上述现象，过去也有发生。但笔者可以负责任地说“比现在少得多”。而个别大学生竟在校外开房，那就更荒唐了。

有的院校被某些设计单位挂靠，这些设计单位有的水准很低，有时会搞出“荒唐设计”来，你让他挂靠，就不怕身败名裂吗？蝇头小利还是不要为好。切断这一利益链条，必须国家相关部门亲自掌控。

前面介绍过，美国大学要培养有教养的公民，我们则要培养有理想有文化的劳动者。

校园里谈论的话题多为博士、硕士、绿卡。我们说过，追求功名以求实现抱负是对的。因此，考研、攻读博士是好事，无可厚非。但是，不可以“大帮轰”，科举制度还有三甲和名落孙山之区别呢！如今，只要学习年头够了几乎百分百通过。这就有问题了，你给不合格产品贴了合格证坑了国家，坑了用人单位，也坑了当事人。这种行为“缺德”。

课程设置、学科设置有急功近利之嫌。

最近几年，金融、计算机专业吃香，多家院校蜂起新建，扩建相关专业。不是说以上两个专业不重要，随着国家建设的发展确实需要大量金融人材和计算机人材。问题在于，有的院校不具备办这两个专业的条件，就盲目上马，培养的人有滥竽充数现象。从人材供需上看，以上两个专业毕业生已供大于求了。

一个国家科技要发展，没有物理、化学、数学等基础学科的发展是没有后劲的。但有个不争的事实，以上几个专业近几年遇冷。

当下人们普遍认为，在培养人材问题上，跟着市场走的理念不完全对。正如考古学不能与时俱进一样。

最近，一位记者采访了北大陈平原先生。陈先生当了一年系主任，卸任后，发表了如下意见，本人同意陈先生看法。

“办大学要为中才立规矩，为天才留空间。”

今天中国的大学风气浮躁，很少人能志存高远，心气平和，全心全意地做研究，这是很大的问题。

教育改革的成果呈现是很慢的。各校规矩都不一样，真正发生制度性变革的不会是北大、清华等名校，新办的学校可能性较大。北大变革很难，原因是北大不会垮台，北大不会大变，北大变化会引来关注甚至骂声。

办大学无制度保障不行，没管理更是万万不能的。

若过分强调公平，让智商及训练不足的学生进入顶尖大学，会不会因拔苗助长，导致进大学后不开心，压力大读不下去？

听了教授的说法笔者体会很深。要依国情办教育；办教育要防浮躁；办教育不能单纯跟着市场走；中才和天才是不同的，不能够年头就发证；已经成熟的制度不可随意改，定制度完善制度是办大学成败之本；顶尖是历史形成的，天才是客观存在的，人为拉平的想法是错误的，也是永远无法做到的。

据前面所言的道理，高中文理分科更是不聪明的做法。一次在地铁列车里与一名北大附中初三学生聊天，这名学生温文尔雅，知识面较广。但他称世界这么大，文理分科就像不让我们进入浩瀚海洋游泳一样。

一个国家要实现工业化、现代化，必须提高国民素质。工业化、现代化要靠科技和教育的大量投入。

在德国，大学毕业生比商人和企业主更受尊重。在第二次工业革命的推动下，德国开办了大量职业学院、工学院和高等商业学校，培养了许多高层次的企业管理人员、科技人员和有知识的熟练工人。

日本是后发展起来的现代化国家，用发展近代教育来开发民智。1872 年明治政府颁布《学制》坚持推行义务教育，成了推行义务教育的大国。

我以为，要按程序、按梯次办教育，德国的职业学校照样培育出高层次企业管理人才和熟练工人。这难道不能给我们提个醒吗？近几年市场急缺熟练技工；还有的企业招聘，提出非博士硕士学历不任用，似乎本科生无用了，出现这些现象有两方面原因。一是媒体宣扬不当。有时说文凭是一纸空文；有时又把文凭宣传成万能的金字招牌。应该说“真文凭是持有者学识的证明书，经过实践他能解决相关技术知识问题，他是合格人才；能解决超常问题者为优秀人才。”二是企业管理者对“人才”二字的真谛不了解，被浮躁之风吹迷了眼，为显示实力而作秀。

大学是人们心目中的最高学府，是圣洁的知识文化殿堂。然而，很不幸中国也出了“野鸡大学”，这种叫法在美国也有。大学文凭是获得稳定和收入不菲工作的通行证。骗子们利用这种心理，开设假大学，提供子虚乌有的学校文凭。

假大学故意取一些和正规大学极其相似的名字，混淆视听。调查显示，九成“野鸡大学”都有自己的网站。其中，有20所将真正大学网络上的部分信息搬到自己的网站上。例如，广东外语外贸大学主校门的照片就同时被几所山寨学校网站挪用。

“野鸡大学”造假文凭，诱骗、欺骗学生及其家长钱财，造成教育界的混乱。至于人才质量更是无从谈起。此风不刹教育必混乱。

七、提高民族素质与文化强国

（一）治好浮躁病

提高国民素质，任重而道远，是举国全民的系统工程。

在市场经济情况下，一夜之间可能出现百万富翁；但无论如何一夜之间不可能将人由粗俗变得温文尔雅有修养。

提高国民素质，不能急躁。良好素质的形成需要沉淀。有时候在马路上从高级豪华车上丢下废弃物，说明车主人有钱了，但境界低下。这就要从教育入手，从幼儿园到大学校园，乃至全社会入手。

提高国民素质，不能浮躁。想从一本书上找出人生答案是不现实的，厚积方能薄发，不要赶时髦，要耐得住寂寞。在灯红酒绿的外界环境下，做到这一点很不容易。

提高国民素质，不可作秀。穿了长袍，不一定懂国学；戴了博士帽，不一定有博士研究生的真才实学。

浮躁之人易急躁，为了达到目的又喜欢作秀。下面就讲讲浮躁的问题。

最近，中国中医科学院基础理论研究所于志敏先生写了一篇文章“浮躁心理”，对“浮躁”分析得入木三分。

浮躁心理是当前我国最严重的一种病态社会心理，危害极大。浮躁心理是指做任何事情都没有恒心，见异思迁，喜欢投机取巧，讲究急功近利，强调短、平、快，主张立竿见影，易发脾气，不能安稳工作。

浮躁之人，对前途是没信心的，妄想一举成名。

浮躁之人，情绪代替理智，行动上盲目，容易见利忘义，做出违法乱纪的事。

浮躁心理，使人失去准确定位，与脚踏实地，艰苦创业，励精图治，公平竞争的社会准则相悖。这是犯错误和犯罪原因之一。

文章同时给出调整浮躁原则：

（1）不和任何人进行盲目的攀比。

（2）脚踏实地，持之以恒，任劳任怨，开拓进取。

（3）从实际出发，凡事要三思而后行，切忌盲目、冲动、丧失理智。

如果要找一下浮躁心理产生原因，我以为有以下3个方面。

（1）明知是浮躁行为还过分宣传不去管理。比如出现的小学校搞选美，报纸、电视还积极宣传报道；明明是吹牛卖假药广告，电台却给频繁播出。结果却是发财的发财，上当的上当。

（2）不适当的吹捧名人，名人和榜样是不同的，不可等同视之。然而，有的宣传把名人说得完美无缺，这是误导。不能否认名人有专长，在其自身所从事的领域里有超常之处，但他们不一定完美。在市场经济的社会里，学名人还是学榜样？社会现实是前者居多。名人出场费高，有名车有豪宅，这诱惑力太大，更有甚者各种舞台、刊物也被他们占据着，至于学雷锋精神只能在少数场合宣传、少数时段里宣传。我认为，这是造成人们，尤其是年轻人攀比、盲目、冲动的原因。如果再往前走一步就可能丧失理智。金钱给浮躁这棵野草提供着丰富的营养。

（3）社会分配不公平，让人浮躁，使人浮躁。你的一场出场费相当于我一年或几年的工资，我就自然心理不平衡。有人会说“他们有那份能耐，你没有。”不能否认，有人有独到之处。但是，对这少数有才气之人不能太物超所值了。没有差别，不能调动积极性；但差别太大，会造成深层次矛盾。在中庸之道很深的中国，差别过大就更有危险性。制定政策，最佳效果是各界都无话可讲。比如，给航天英雄一些物质精神奖励老百姓是愿意的、认同的。

（二）文化强国梦任重而道远

建设文化强国是我们的一个梦。经济发展了，人民生活水平大大提高了，我们做到了上九天揽月、下五洋捉鳖。华夏儿女为之骄傲，但文化方面尚有缺陷不足。

如此大好形势下，我国为什么出不了茅盾、老舍、鲁迅等巨匠人物。虽然莫言获了诺贝尔文学奖，但总感到势单力薄。为什么出不了“东方红”、“黄河大合唱”、“梁祝小提琴协奏曲”等划时代的音乐作品？恐怕不能用时代不同了，没有可比性来做解释。我认为这有3个方面的原因。

（1）品味低下，庸俗快餐式作品太多。我们不能拒绝这些作品，当然更不能奢望杜绝这些作品，但这类作品过多，无助于人们，尤其青少年修养的提高，它的作用是在本已浮躁的心灵上再添刺激，浮躁者更加浮躁，不浮躁者也浮躁起来。花花绿绿的广告吹牛式宣传“一目十行”，歌声中唱着“狼爱上羊”让人们心如沸水、眼花缭乱。这种状况对潜心钻研、打算穷尽一生搞出作品的人是一种打击，至少是强烈干扰。

（2）功利意识过强。前面说过，我们并不反对追求功名，不能总让人家奉献，不能搞“苦刑主义”。现在的问题是在钱为诱饵的现状下，很多事太过头了。写作者，短平快作品收益多，他就对研究名著难有兴趣；音乐人、表演家出场费非常可观，他就对表演体系的研究难以产生冲动。说这些话，不是低估艺术家的觉悟，但事实已经证实了这一点。一个主持人可以有价值千万的豪宅，如果艺人富可敌国，那这个国家就不正常了；如果航天科学家的身价不如艺术家的十分之几，甚至几十分之几，从分配上讲，那就扭曲了或者畸形了。贫穷不是社会主义，贫富悬殊也不是社会主义。

（3）文艺批评不足。其实，现在没有文艺批评。一个名人搞了一部作品，出版社出版，一帮名人捧场搞发布会，卖得快、收益高。文艺批评是需要的，只歌功颂德顺情说好话，要能进步才怪了呢！

百花齐放，百家争鸣才是文艺繁荣景象，当然不能搞一棍子打死的做法。我们的先贤和国际上文学巨匠都曾有文艺批评先例。

宋朝婉约派代表人物李清照就曾对豪放派代表人物苏轼的词提出批评，“皆句读不葺之诗耳，又往往不协音律。”

托尔斯泰认为莎士比亚有三大缺陷：

（1）最庸俗的世界观。把权贵的外表的高尚看做人的真正优越性，蔑视劳动阶级。

（2）形式之美。除了能安排表现情感进展的场面外没有合乎情理的情势。

（3）不真诚，矫揉造作玩弄文字。

批评尖锐甚至尖刻，但丝毫没影响他们都是大家。我们不想扇起互相攻击之风。但批评必须有正确导向。否则，千奇百怪的事将一宗宗出现。说“狼爱上羊”，就有一个三年级小孩问他妈“狼和羊能搞对象嘛！”学个英语还得疯狂；再比如说用了某人的方法就能一目十行，最近广西师范大学出版社搞了个“死活最读不下去”的书籍排行榜，结果“红楼梦”高居榜首。

外国名著有《百年孤独》、《追忆似水年华》、《尤利西斯》、《瓦尔登湖》。名著具有穿越心灵的力量，为什么美轮美奂的作品，愣是读不下去哪？其实这也不奇怪，浮躁的东西太多，它热闹，用不着宁静从容，不费心，不费脑。读一点“豆腐块”式作品，还能猎奇一点近似隐私的事，茶余饭后谈资也丰富了。这样下去似乎合乎市场规律，市场有需求，我就搞短、平、快。写出的豆腐块卖得快，来钱快。然而，如果沉思一下，好好想一想，如果这样下去，即使再过一百年也不会有划时代的作品出现。为什么？有位大家提出，要给市场经济戴笼头，本人非常赞同。文艺界的事也还是要管一管，不是自由少，而是太自由。不是妄自菲薄，说我们作者水平低，说我们读者水平低。而是说要有正确导向，正确管理，并且做到管而不死。应该承认"没有规矩，不能成方圆"还是非常正确的。

强国要有两条腿，一条是经济，一条是文化，后者要赶紧赶上来。

举两个例子，陈景润先生的"哥德巴赫猜想"，世界级的科学家钱学森先生的"工程控制论"是典型的文化正能量带动经济发展的例子。连《红楼梦》都读不下去，这两位科学大家的作品，那就更读不下去了。想想看是不是这个理儿。

现在有一种现象，因为有钱了，个别人外表光鲜靓丽，然而行动和语言却粗俗不堪，这就是金玉其外、败絮其内的典型。这就是为什么出外旅游，目的地国家对有钱的中国人印象不佳的原因。

最近，作者张宏杰写了一本书《中国国民性演变历程》(湖南人民出版社出版）从历史视角对中国国民性演变过程进行剖析。结论是：历史上国民性发生过巨大的变化。春秋时代的中国人单纯淳朴；唐代时雄健阳刚；宋朝时温雅内敛；明清时大臣一个个唯唯诺诺，专门研究怎么做一个顺从的奴才，讨君主的欢心。他认为，政治制度—社会结构是塑造国民性的主要因素。

总之，国民性是可以改变和塑造的。如今中国的制度、道路和理论都已确定，而且都是成熟的和正确的。国民教育已经取得了很大的成绩，志愿者队伍的出现是极好的例证。但也应看到，改变国民性的工作十分艰难，是长期的复杂的，而且有反复性。

改变国民性的难度比发展经济的难度还要大。我们现在存在的问题是规则教育、法制教育不够，而且缺乏问责制。

规则教育是对公民的最基本的教育。按规矩办事是文化强国国民的基本素质。坐公交车，良好的规则教育是依次排队，先下后上。尽管现在有很大改观，但在个别站台上仍然是汽车一进站，乘客就乱成一团，蜂拥而上。有的父母带孩子拼命抢座、占座。再比如孩子上了中学，吸烟、喝酒无人管；如果花钱上个野鸡大学，拿了一个不合格文凭，也相当于无人管，这样成长的孩子应该说是悲哀地成长。

究其原因，层层缺教导，层层缺问责。改变这种状态，只有选好教师，选好校长，教育部门凭良心办教育；监管部门尽职尽责。

这样讲，相关部门会反讥怒斥笔者，“我哪没凭良心办事了?”我可以告诉你“在其位谋其政，“野鸡大学”有几所你不知道? 他们如何骗学生和家长金钱的你不了解，你不去调查……你尽职了吗?

做文化强国的公民，先从自我加强修养开始：“粒粒皆辛苦，说了不知多少代了，你做到了吗?”不随地吐痰，很容易做到，你100%达标了吗? 据说英国人把排队视为生活第一事务，咱100%做到了吗?!

任何事不能绝对化。我们应该强化主流，弱化负能量，一直到国民认可的程度就是我们的目标。现在的状况是距这一目标相差甚远。

八、中国和日本

（一）一副对联

中日甲午海战后，日本极其猖狂。清廷大臣出使日本，日本人出了一副上联来羞辱国人。

日方出的上联是：

骑奇马 张长弓 琴瑟琵琶
八大王 并肩居头上 单戈独战

清使臣不卑不亢答出下联：

倭委人 袭龙衣 魑魅魍魉
四小鬼 屈膝跪身旁 合手擒拿

这件事告诉世人，虽然当时中国被日本打败，但中国人心未被倭寇征服。中国有能人，早晚会“合手擒拿，骑奇马，袭龙衣，张长弓的日本八大王，即四小鬼”。

历史已经见证了这一点。

（二）日本从资本主义工业国挤进帝国主义行列

日本明治维新后，引进了资本主义生产方式，经济发展很快。到了第一次世界大战前后，日本完成了工业革命，成了一个资本主义工业国。由于当时日本国资产阶级力量不强，封建性却很强。因此，明治政权不是资产阶级民主主义的政府。明治元年，天皇发出了“开疆拓土，布国威于四方”的号召。沿着这种想法和做法，日本很快成为军国主义国家。

中日甲午战争后，签订了《马关条约》解除了中国与朝鲜的宗藩关系，承认朝鲜独立。实际上实现了日本对朝鲜的控制，也为日本进一步侵略中国打下了基础。

《马关条约》除了规定日本取得在中国的各项权利外，还从中国割让了台湾、澎湖列岛和辽东半岛。日本得到辽东后，俄国觉得受到威胁，联合法德进行干涉，日本被迫放弃辽东，但以中国政府赔偿3000万两白银了结。此外，日本还从中国得到了2亿两白银的战争赔款。2亿两白银相当于3.5亿日元啊！庞大的收入强化了日本资本主义，强壮了日本的帝国主义底气，滋长了日本称霸亚洲的野心，使日本挤进帝国主义行列。

中国割了地，赔了款，将近邻养肥、养壮了。

（三）日本人的价值观和我们如何应对日本

帝国主义时期，由于法西斯式教育，日本人形成了傲慢、顽固的价值观。在他们看来，日本民族是世界上最优秀的民族，有权统治世界上其他民族，侵略别国是优等民族的生存方式。

当今的世界，实力格局发生着变化。中国的崛起，连美国都另眼看待了，再加之现代文明之风吹拂着世界，日本人的内心想法在表现上不会再那么赤裸裸，显得有所收敛。

但是，日本这个国家在骨子里并没有改变，仍对中国、韩国有领土要求。第二次世界大战后北方四岛划给了俄罗斯，但日本一天也没忘记“要夺回”。

欲望使其储备能量，一旦时机到来（有可能是他们自认为）它就会爆发出行动。日本首相安培的修宪行动不就摆在眼前吗？

不能否认，日本上层人物有主张中日和平共处者如前首相 村山富士等。也应相信，多数日本国民也不希望中日对立。但是，我们在思想上应清醒地知道，真正左右局势的人就是那么几个人，现在就是安培晋三等。开个玩笑，以后还会有“安培晋四……”。为什么我们认为安培的行动是“极右”，但国民支持率还在上升呢？那是民族感情在起着作用哪！

至于应对办法上有一条：发展自己。从体量上讲我们的经济总量已超过日本，但我们绝不满足于此，要发展发展再发展。用老百姓的话说“我们不怕日本”。然而，我们绝不开第一枪。同时，我们必须时时刻刻防备着日本的任何挑衅和侵略。

（四）日本和美国的关系

在中国历史上，曾有儿皇帝一说。契丹皇帝曾册封石敬瑭为大晋皇帝（后晋高祖，契丹后改国号为辽）。石敬瑭侍奉契丹，恭敬到了极致。表文上称契丹皇帝为“父皇帝”，自称臣；后又听了契丹皇帝的训令，称自己为“儿皇帝”。

臣服于别国只是因为自己力量不足，韬光养晦赢得时间而已。

日本依靠美国只是借用力量，日本不像石敬瑭那样赤裸无耻。这一点美国自己也十分清楚，美国对日本是“利用结合控制”。但目前日本利益受损时美国会出面帮助日本的。然而，美国绝不会让日本跳出自己的手心。他们之间就像主人与狗的关系。

日本和美国在遏制中国这一点上想法是一致的。而且这种想法是长期的。美国是世界警察，它不容许别人超过它；日本右翼祈盼的是大日本帝国梦。而今，中国的崛起，按照日美的思维定式，这就是“威胁”。他们是这样想，也是这样做的，从他们的言论和行动上已证明了这一点。

外交礼仪层面上，日美对中国的发展有时也唱几句赞歌，但决不可被其迷惑，我一直相信“帝国主义本性不会改变”这一信条。今天，我们之所以能够在诸多场合与他们平起平坐，是因为我们的实力在那摆着。

日本对美国的态度是“你让我看着中国，你得在人力财力武力上支持我”。从美国目前处境看，许多事美国鞭长莫及，顾此失彼，也正是日本讨价还价的机会。日美各揣心腹事，正在下一盘棋。

中国，应该在世界形势发展过程中审时度势，考量利害决定自己的棋子布局。

（五）日本政客的处事哲学及日本文化中的欺凌与欺骗哲学

我们一再说要把日本政客与人民分开。因此，我们所谈劣迹均指日本政客层面人物和右翼。

1513 年，时年 58 岁的马基雅维利的创世之作《君主论》问世，作者出生在佛罗伦萨。1532 年正式出版（作者死后五年）。

此书被欧洲历代君主放在案头，奉为治国宝典，与《圣经》、《资本论》相提并论。

本书核心内容是“为达目的可以不择手段”。

近期，日本副首相麻生太郎的言行就是这种处世哲学的展演，这一言论的实质是借麻生之口，宣传安培思想。

萨苏新书《最漫长的抵抗》大量鲜活的史料告知国人和世人，中国抗战八年中东北战场从 1931 年“九一八”那一天，沈阳公安局商埠一分局南方市场分所警士高曙光的牺牲开始，直到 1945 年 8 月 15 日，抗联战士李遇迟从日军七三一部队的大屠杀中爬出牢房，抵抗持续了 14 年。

日本侵略者在中国犯下了滔天大罪。1937 年底，日军制造了震惊中外的“南京惨案”。在长达 6 个星期的大屠杀中，共杀害了 34 万中国人。仅从 1937 年算起的八年抗战中，中国人民死亡1000万人以上。

1956年6月开始，中华人民共和国最高人民法院对担任过高级职务的日本战犯进行了公开审判。审判结果大大出乎人们意料，没有一个战犯被判死刑，连无期徒刑都没有。

中国人民和政府的宽厚仁慈，让参加法庭对战犯宣判的外国记者都感到惊讶和不可思议，这在国际审判史上是绝无先例的。然而57年后的今天，日本战犯的后辈是如何表现的呢?

日本财务大臣麻生在2013年7月29日的东京演讲会上称“魏玛宪法也在不知不觉中变成了纳粹宪法，我们不妨学习他的那种做法”。我们先不管麻生的想法能否实现，至少此话验证了日本右翼分子为了修改和平宪法，连希特勒都想到了，而且在世人面前鼓噪，这是何等傲慢猖狂，更令世人警醒。他们的处世哲学与希特勒毫无二致——为达目的可不择手段。

日本是个等级森严的国度，也是一个崇尚强者的社会。从学校教育开始，强者从小就处于强势，弱者从小就认命或宁愿自杀也不反抗即一种“弱肉强食”的等级关系。在岛国日本已经成为“模式固见”框架，这种框架不易破碎，已被传承。

有一名12岁的少女，因受欺侮而自杀，其父母请律师树神佑二帮助打官司。律师称“以大欺小，以强凌弱的现象世界上普遍存在，然而在日本尤其严重，这已经成为了一种长期的，反人类的不良风气”。这反映出日本上层在教化人民接受“宿命论”。2012年截至4月份日本文部科学省公布数据，校园发生欺凌案14400起，超过2011年全年总数两倍；人身重大安全威胁案278起。日本右翼有很深的封建性，他们怀念“浪人”、“武士”形象。2013年8月15日，日本士兵打扮成侵华时候的形象，戴着大耳帽端着步枪出现在屏幕上，真是“人还在，心不死”。不难看出，安培参拜东条英机等战犯是出于骨子里的情感的。

日本政客（右翼）在欺凌掠夺别国时，手段显得深邃。在霸占中国台湾的年月里，把大量台湾资源运回日本，在台湾搞保甲制，为了奴化中国人强制学日语……这一招对大陆做的是有过之而无不及的，还加了一个傀儡政权。

当今的日本对外扩张已不再羞羞答答。2013 年 8 月 6 日在新一代直升护卫舰 22DDH 举行下水命名仪式上，被正式命名“出云”号。

日本再次把新一代“护卫舰”命名为“出云”号，追寻侵略时期前辈的足迹，打造新时期海军的内在用意不言自明。这对周边国家来说，无疑是一种挑衅行为。二战之后，日本在废墟基础上，在短短时间内成为世界第二经济实体。尽管近期中国后来居上，成为第二大经济实体国家，日本退居第三位，但日本经济实力绝不可小觑。

日本经济发展很快，这与它重视教育和科技分不开。然而，经济奇迹背后有一个十分重要的因素——间谍经济。

日本情报机构的两大优先目标是外国原料石油和食品情报及美国欧洲技术与科学发展的详尽情报。日本间谍收集到的情报中 85% 是经济情报，绝大多数是专利技术。

与大多数国家情报机构不同的是，日本的间谍活动很少依赖正规情报机构，更多依赖非正规庞大情报网络。法国情报局局长马里奥这样评论经济间谍能力：“很明显，日本一直在进行技术和工业间谍活动。我觉得日本通商产业省在所有国家都设有情报站，其职责就是情报搜集。”

日本派往美国大学的留学生和学者，都有一个使命——搜集美国学术机构的相关科学技术研究情报。由于工作高效，美国专家惊呼，日本只花了数十亿美元，就几乎把西方所有技术都搬回日本了，这笔钱仅相当于美国每年科研费用的十分之一。

1981 年，日本日立公司从一名前 IBM 雇员手中获得了一些垂涎已久的秘密技术文件——最新一代电脑 308X 系列部分设计资料。这是当时 IBM 公司的最高机密，该案成为 20 世纪最大的经济间谍案件。美国舆论称，日本对美国硅谷的攻击不亚于当年对珍珠港的偷袭。

日本经济间谍的手法充满欺骗性。大名鼎鼎的日本 NHK 电视台以拍摄纪录片为名义，获准进入几家美国生物科技公司进行拍摄。

2003 年，日本文部科学省成立“研究开发战略中心”，中心主任由名古屋大学研究生院教授、诺贝尔化学奖获得者野仪良治担任。通过各种数据库、信息网及私人联系搜集各国正在实施的科研项目，制定日本重点领域应采取的措施。

日本在不同时期，确立不同重点领域和目标。20 世纪七八十年代日本经济间谍的主要目标是美国及西欧发达国家。现在，中国等新兴大国逐渐成为日本经济间谍的重点目标。

（六）日本的忍耐文化

日文禅宗术语“我慢”，意思是忍受忍耐，语言表达为“请我慢”。

有一只杜鹃鸟不叫。织田信长说：“杜鹃鸟你不叫，我就杀了你。”丰臣秀吉则说：“你不叫，我就逼你叫。”德川家康却说：“杜鹃鸟你不叫，我就等你叫。”最后德川家康统一了日本。忍耐帮了大忙。

这个源于日本的故事告诉中国人“日本人忍耐哲学，耐人寻味，需要冷静、长期枕戈待旦地应对”。

我们不妨分析一下日本右翼心理状态。在右翼势力看来，日本《和平宪法》是日本回复战前“荣光”道路上的最大绊脚石。他们认为，日本目前这种体制限制了他们成为政治、军事大国的可能。二战之后的 68 年以来（1945～2013）日本奉行着《和平宪法》，给日本带来了前所未有的和平与繁荣。但这一切不是右翼所需要的，他们要的是侵略时期前辈足迹，正如安培的好友古屋圭司那样，对华强硬，扬言“牵制中国”称“中国并不是与我们有共同价值观的国家”。

日本的右翼分子是“不见棺材不落泪”之徒。他们否认历史、挑战人类良知，他们走不出历史阴影，只不过有时收敛有时嚣张而已。目前，正是他们嚣张时期。

（七）枭雄与志士

这里介绍关于吴佩孚的一点历史行踪。在中华民族生死存亡之际，一代枭雄吴佩孚能拒绝侵略者各种拉拢诱惑，保住民族气节，被后人认为是志士仁人。1942 年 9 月 6 日出版的《时代》周刊封面人物是吴佩孚，他是中国第一位上周刊的人物，周刊以“中国最强者”来称呼他。

吴佩孚（1874～1939）北洋直系军阀首领，山东蓬莱人，秀才出身。曾任北洋军阀第三镇曹锟部下管带。1922 年第一次直奉战争支持曹锟控制北平政府。历任两湖巡阅使，直、鲁、豫巡阅使。1923 年制造了“二七惨案。”

第二次直奉战争，冯玉祥发动北平政变，吴佩孚南逃。

1926 年与张作霖、阎锡山联合攻打冯玉祥的革命军。同年，在湖北被国民革命军打败，逃到四川依附地方军阀杨森。

“九一八”后蛰居北平，抗战爆发后拒绝出任伪职。想过“书生”、“田园”生活。

卢沟桥事变后，日本人妄图以华治华，看准当时中国两个有绝对声望和能力的人物，一位是唐绍仪，另一位就是吴佩孚。1938 年唐绍仪被暗杀。日本看中了吴佩孚两点，第一点是他的号召力和影响力。即使已经失势了，他也有一批追随力量；第二点，日本人需要一个与蒋介石不合，能与国民政府分庭抗礼的人，吴佩孚是非常合适的人选。

早在四川的时候，日本人曾多次去四川劝说吴佩孚东山再起，并表示愿意奉上 10 万支步枪、2000 挺机枪、500 门大炮，提供百万元援助款为军费。日本人的条件不可谓不丰厚。然而吴佩孚却回答说：“过去我曾有枪不止十万，有钱不止百万，可成败并非枪炮与金钱。我如愿引外援借外债，何必待到今日？中国的事应该由中国人自了。”吴佩孚十分推崇儒家的“忠、孝、礼、义”思想。

吴佩孚崇拜关羽、岳飞。当时，在社会上有着“关岳吴”称号的吴佩孚，最喜欢画梅花。他借笔下的傲雪寒梅，表示誓死不与日本人合作的决心。对于丢失民族气节的汉奸，他破口大骂。骂登门的江朝宗“老而不死”；骂齐燮元会“死无葬身之地”；对还没登门的汪精卫放出狠话说他“无耻下贱”，结果汪精卫连门都没敢登。

日本大特务头子土肥原贤二是个中国通，负责拉拢吴佩孚。他开门见山承诺，只要吴出任伪职，日方不惜放弃北平的统治权。然而，吴的回答却是：“非常感谢阁下的抬举，我已心灰意懒不想再出风头了。”第二次上门时，土肥原贤二开始旁敲侧击和吴谈治国之道。吴佩孚不理会土肥原贤二，悠悠地说：“我的卧室里，挂着一副我亲手写的对联，我每天看上一眼，就是为了提醒自己。阁下知道我写的是什么吗？”说完，就闭目念了起来：“得意时，清白乃心，不纳妾，不积金钱，饮酒赋诗，犹是书生本色。失败后，倔强到底，不出洋，不走租界，灌园抱瓮，真个解甲归田。”土肥原贤二听完后只好告辞。

土肥原贤二连续两次碰钉子后，仍不死心，第三次登门拜会。此次，吴佩孚和颜悦色地把土肥原贤二带进一间屋子。一进门，土肥原贤二的笑容就僵住了，倒吸了一口凉气。只见屋子里面摆放着一具棺材。吴佩孚热情招呼土肥原贤二走到屋里面。只见一张小桌上摆着“孚威将军吴佩孚灵位”的木牌。吴告诉土肥原贤二，这是他为自己设置的灵堂，言语间颇为满意。已经把自己后事料理好的人岂会有追名逐利之心。深知这一点的土肥原贤二只能拱手告辞。

吴佩孚在这段时间里，依然遵循他“不积私财，不举外债”的原则。但他在北平毕竟一无存款，二无家私。吴公馆还要养活一二百号人，吴佩孚原有积蓄已见底。土肥原贤二让伪华北临时政府出面，聘吴佩孚为特高顾问，交给他每月 4000 元车马费，这一次吴没拒绝，按月收钱交给夫人张佩兰补贴家用。让土肥原贤二没想到的是，吴佩孚拿了钱手不短，嘴不软，依然留在吴公馆写字作画。土肥原贤二再无耐性，用了一个狠招，他向外界披露吴佩孚将举行记者招待会，公布对时局的看法，内容是“一切赞同日方主张”。此消息一传出，全国上下一片哗然。土肥原贤二以为这一招足以令吴佩孚就范。更让土肥原贤二高兴的是吴佩孚答应出席记者招待会。

1939 年 1 月底，130 多名中外记者出席了吴公馆举行的记者招待会。吴佩孚发表了平生最后一次重要讲话，他提出中日要实现和平，必须有 3 个条件：“一是日本无条件全面撤兵；二是中华民国应保持领土和主权的完整；三是日本应以在重庆的国民政府为全面议和的交涉对象。”话音刚落，他就转身对秘书说：“你给我逐字译成日文，一字一句，断乎不能更改。”

在当时历史背景下，吴佩孚讲话可谓气贯长虹。民族气节的力量是多少枪和炮都无法比拟的。

1939 年 11 月末的一天，吴佩孚一家吃饺子，羊肉馅水饺是吴佩孚最喜欢吃的。可一粒碎骨头塞进了牙缝，骨渣是剔出来了，但牙疼自此一发不可收拾。10 天后，时年 65 岁、身子骨硬朗的吴佩孚蹊跷离世。

吴佩孚死因说法有三：

得知日本人企图让吴佩孚出山，蒋介石担心不已。他曾多次致函，致电请吴佩孚去南京共议国是，吴佩孚一概不予理睬。这让蒋介石如鲠在喉。吴佩孚患牙病时，家人曾请曹锟御用中医为吴把脉并开了一副中药。有传说，国民党中统特工借机下了毒。

还有一种说法死因是败血症。

据史料和家人回忆，日本人借手术杀人的说法是当时公认的。

1939年终，日伪报纸《新民报》报道了吴佩孚的死讯，并说其死“疑系败血症”引起。

时过境迁，历史是一面镜子，客观全面的评价历史人物，可以激发国人的爱国热情。使得我们，尤其年轻人行为有准则，行动有方向。就吴佩孚而言，在乱世争权夺利过程中，能够看清日本侵略者的本性，能拒敌诱胁实属难能可贵，可谓有胆，有识，有民族气节。

吴佩孚，在1923年制造过“二七惨案”，对工人运动进行了镇压，这是历史铁证。

因此，如何评价吴佩孚是件很难的事。我以为在当时的历史条件下，民族危亡之时能打出抗日旗号并能参与其中，这就是民族气节的展示，这就是爱国壮举。这就告诉日本侵略者：软硬兼施的招对中国人不灵；中国人不可欺。

黄遵宪名言“寸寸河山寸寸金”，凡为国家领土完整、抵御侵略者尽过力，甚至洒过热血，奉献了生命的人都是志士仁人，值得后人永远崇敬。

1939年蒋介石题词吴佩孚。

> 先生托志春秋，精忠许国，比岁以还，处境弥坚，劲节弥历。
>
> 虽暴敌肆其诱胁，群奸竭其簧鼓，迄后屹立如山，不移不屈，大义炳耀，海宇崇钦。

蒋介石挽歌吴佩孚，是想告诉世人“抗日人士值得颂扬：蒋本人是抗日的”。从近代史料上看，蒋介石是主张抗日的，也有过行动。但他有一条致命的独裁想法——“攘外必先安内”，在蒋看来最大的异己是共产党，必须先失之；相反，毛泽东主席领导下的中国共产党，团结一切可以团结的力量共同抗日，组成抗日统一战线，依靠全民族的力量共同抗日。

“得道多助，失道寡助”这一哲理在国共当年争斗中体现得淋漓尽致；这就是为什么800万精良装备的国军打不过小米加步枪的解放军的根本原因。

至今，我们仍然延续统一战线思想。对台湾当局，在一个中国前提下什么都可以谈。正是这种指导思想，才赢得了今天海峡两岸令人欣喜的局面。

九、秦桧与岳飞

我们改变一下传统思想，不从“忠”、“奸”分析两个人物；而从“爱国”与“卖国”层面上分析历史人物。

秦桧（1090～1155），南宋江宁（南京）人，字会之。政和进士，北宋末历任左司谏，御史中丞。靖康二年（1127）被俘到北方，成为金太宗弟弟挞懒的亲信。建炎四年（1130）随金军到楚州（江苏淮安）被挞懒遣回，称杀死防卫士兵，夺船逃回。绍兴年间两任宰相，前后执政十九年，主张投降，为宋高宗所宠信。收韩世忠、岳飞、张俊三大将兵权，以“莫须有”罪名杀害岳飞，贬张俊、赵鼎等多人，主张和议，向金称臣纳币，订“绍兴和议”为世人所切齿。

岳飞（1103～1142），相州汤阴（今属河南）人，字鹏举。宋高宗赵构害怕徽宗与钦宗从金国回来影响自己地位，于是重用秦桧，准备同金国讲和。

此时，岳飞自郾城进军，距东京（开封）只有45里，眼见要过黄河，胜利在望。就在此时，高宗与秦桧以“孤军不可久留”为名，下十二道金牌召回岳飞。岳飞悲愤交集慨叹道“十年之功废于一旦”。

秦桧同金国和谈时，岳飞指责秦桧说：“金人不可信，和好不可恃，相臣谋国不臧，恐贻后世讥。”

和议后，出于礼节，岳飞奉上《贺讲和赦表》提醒朝廷

“莫守金石之约，难充溪壑之求”，金人的胃口是填不满的。但朝廷根本不理睬岳飞的意见，岳飞无比孤独苦闷，写下《小重山》一词。

昨夜寒蛩不住鸣，惊回千里梦，已三更。
起来独自绕阶行，人悄悄，帘外月胧明。
白首为功名，旧山松竹老，阻归程。
欲将心事付瑶琴，知音少，弦断有谁听？

1141年7月，朝廷以“莫须有”罪名逮捕岳飞，同年12月岳飞被毒杀于风波亭中，时年39岁。

《小重山》上半阕表现出岳飞思念中原，忧虑国事，坐卧不宁的心情；下半阕感慨岁月如流，家乡沦陷已久，归期遥遥无望。岳飞用俞伯牙钟子期典故，表达出抱负无法实现的苦闷。

后人给予《小重山》极高评价。

《灵溪词说》论及此词时称“将军佳作世争传，三十功名路八千。一种壮怀能蕴借，诸君细读《小重山》。”

以唯物史观评价历史人物，我以为凡忠君爱国者皆应受到后人称颂，而且要传颂下去。

岳飞，镇压过农民起义军，这是忠君思想促使他必然要这样做的。他忠于宋王朝，要保住宋王朝。当外敌入侵时，他能以民族大义为重，不惜牺牲个人性命去抵御外族入侵，保全疆土完整，这就使这位历史人物在后人的心中成了一座丰碑。再看秦桧，为了自己的地位，也表现出忠于偏安皇帝，骨子里却是为了自己，秦桧和偏安皇帝一样以卖国为代价求得自身的荣华富贵。

岳飞忠君，忠于撑起民族大业的国君；秦桧表面忠君，他实际上却利用偏安一隅的昏君保住自身的荣华富贵。

岳飞爱国，秦桧卖国。

因此，在中国历史上，秦桧将永远被钉在耻辱柱上。

前面曾讲过，一个人的才华与历史贡献不一定成正比，用现在的话说“你有能量，但不一定是正能量”。

历史考证秦桧有才华，书法瘦金体独树一帜。但因其内心不美，品行不端，字写得再好也不会产生美感，反而会让人觉得其俗不堪，奇丑无比。

当今世界，充满诱惑和陷阱，也充满希望和光明。要求社会人在生活中善于取舍，坚守个人行为底线。

有良知的人，会对民族英雄唱赞歌；对那些卖国求荣之辈，如李登辉、陈水扁之流会横眉冷对，永不原谅。

纵观历史，人民创造了历史，人民是正能量之源。

负能量在世界、在中国都有，有时候还会很猖狂。当年的日本何等的不可一世。然而最终成了战败国。

为什么会这样？因为历史潮流是任何力量也阻挡不了的；因为人间正道是沧桑。这不是套话。想想看，如果按照希特勒、东条英机的思路掌控世界，各种势力将会互相残杀，民不聊生，世界将会大乱，因无序，地球就会成为动乱的火药桶。这种局面，人民不会答应，肯定要推翻他们。

善良的人们，绝不可小视这股逆流。因为在某一历史时段会给人民带来灾难。因此，我们必须对日本右翼势力严加防范，不让历史悲剧重演。

十、法为立国之本

（一）法为立国之本，古今如此

《管子》一书，“任法”篇称“故法者，天下之至道也，圣君之实用也。”“任法”篇又称“圣君任法而不任智，任数而不任说，任公而不任私，任大道而不任小物，然后身佚而天下治。所谓仁义礼乐者，皆出于法。”

商鞅变法之根本目的，就是将秦国变成一个对全体人口实行有效控制的中央集权国家。

商鞅称：“国之乱，非其法乱也，非法不能用也。国皆有法，而无使必行之法。”就是说，任何国家都有法，但任何国家都没有自动运行起来的法律，法律要靠执行。所以，商鞅强调“法必明，令必行，则已矣”。

在中国这样一个拥有13亿人口的大国中，法制的作用尤为重要。改革开放以来经济可谓飞速发展，人民得到实惠。但应该看到，也得承认人们的精神境界提升速度和高度尚未跟上。

我们的国家能立于世界民族之林，是因为对外有强大的军队，有高速发展的科学技术和强大的综合经济实力；对内则必须依靠法律和法制这一利器为改革开放和维稳保驾护航。

随着改革深入，国人在金钱、才能和信息获得方面空前提高，强于以往任何时期。正因如此，治理难度比改革初期增大了许多。

发展房地产，法制跟不上就出现了小产权的问题，它直逼耕地面积的底线。如果不加以遏制，房地产事业会无序混乱。用什么生产粮食？13 亿中国人的吃饭问题何其了得！真正的国计民生大问题；办教育，法不严，择校成了买卖关系，野鸡大学就应运而生；商业战线法不严，欺骗、欺诈、假货现象将永无终结。在社会秩序上，如果没有严格的执法，明火执仗抢人钱财，卖淫嫖娼丑恶之行，将会成为产业链。

法官犯法、律师犯罪、教师奸污女学生类似事件的发生，这不能说也不是他（她）们不懂法，是他（她）们腐朽人生观、价值观的大暴露，他（她）们抛弃了人类文明，人格就没了，剩下的只是动物本能。对这些人只能绳之以法，否则就不能维护法律尊严。

法律必须有威慑力，使罪犯“涉法即恐”，而不是若无其事，甚至以身试法。对上面诸事，法前说教只对广大群众有意义；对罪犯是没有用的，只有绳之以法之后，方有教育、改造的可能。

美国《外交》双月刊 2014 年 1/2 号刊登了文章：中国应加强依法治国力度。

文中指出：“它需要加强依法治国的力度，建立更加可信的机制—如法院和立法机构—以化解冲突，协调各方利益及分配资源。它还需要提高政府监管水平透明度和建立问责制。”

我们对国外的评论、建议要认真分析审视，我们要按中国国情加以取舍。笔者认为，《外交》双月刊的这一论断，适合中国国情。十八大以后，以习近平同志为总书记的党中央，进一步强化法制，法律已显示出巨大威力。但是，对法律的挑衅事件还是时有发生。

举个案例，看看有法不依之恶劣影响。江西芦溪县王林非法行医，有亿万家产，豪宅数处……如果是在欧洲，税务部门早就找上门来了。而在中国，王林却逍遥法外，还受到不少明星官员的吹捧。在王林事件上有法不依、不究，是十分明显的。王林的豪宅占用的土地性质是什么？他是以何种方式获得的土地？手续合法吗？法律要靠执行，永远不会自动运转起来。

王林问题有其自身原因，但根本问题是相关执法者不作为所致，那些吹捧王林的几位明星释放了负能量。

政法大学终身教授江平先生文章中称："政府公务员是下级服从上级，但法官不应该是下级服从上级，而现实状况是法官在很大程度上听命于上司。"

矛盾是永恒的，各种利益发生冲突时用什么摆平？只有用法摆平，才是真正的摆平；用钱、用权摆平可能暂时会平，那必然会埋下更深的矛盾和恶劣的后果。轰动全国的未成年李某某轮奸案处理得就好，李某某家长曾放言：请律师做无罪辩护。有的律师也接了招，扬言为其摆平此事，结果呢？还是维持原判。这说明什么？说明法律就是法律，金钱、人情、权力是不可以超越法律的，正所谓人间正道是沧桑。

李嘉诚认为："关键是政府的权力要在法制的基础上公平、公正的落实执行政策，香港不能人治，永远不能选择性行使权力。"

（二）历史上儒法的不同

我们在这里讲不同，而不说儒法之争。因为，儒法之争是历史上人为造成的。

汉武帝采纳董仲舒奏章，定儒家思想为正统思想，形成"罢黜百家独尊儒术"的局面。这种思想体制延续了2100多年，一直到清朝灭亡。

儒家代表人物是孔子，儒家之道，以德来安近怀远，这对治乱世是很难实现的。法家强调法治，代表人物是秦始皇。我想我们对"儒"、"法"都不可以独尊，要古为今用，用其所长。

我们这种做法和想法不是搞调和。例如，司马迁有儒家思想却反对法治。他对自己遭受的刑罚，认为像他这样的贵族应免受刑罚，他对法治精神缺乏认同。

我们不是历史学家，没做也做不了历史考证。据学者孙皓晖考证，“焚书坑儒”并不存在。例如，秦统一后建立了博士宫，把百家学问都放进来，还把孔子的第七代子孙孔鲋封为文通君。在72个博士里至少有30个儒家博士。由此证明“焚书坑儒”并不存在。

有资料表明，毛泽东主席推荐法家思想，曾说过“我赞成秦始皇，不赞成孔夫子”。在《读封建论呈郭老》中写道：

劝君少骂秦始皇，焚坑事件要商量。
祖龙魂死业犹在，孔学名高实秕糠。
百代多行秦政法，十批不是好文章。
熟读唐人封建论，莫从子厚返文王。

毛泽东
一九七三年八月五日

郭沫若也有唱和翦伯赞的名言：

秦皇毕竟是雄才，北筑长城南岭开。

孔子思想在中国深入人心。前面介绍过孔子教育思想，孔子学院在世界许多国家已建立。

孔子的一些言论被国人视为座右铭。如：“民无信不立”、“言必信行必果”、“始吾于人也，听其言而信其行”、“今吾于人也，听其言而观其行”。

孔子被视为日本国学思想的基础。日本中小学至今仍要学习《论语》、《诗经》、《文选》、《唐诗选》等中国古代思想和文化名著。

“日本汤岛圣堂”位于东京文京区御茶水站附近，占地面积近1.4万平方米，是日本现存最大孔庙，它是日本近代教育的发祥地。进入圣堂后，自仰高门而入，只见古木葱郁，迎面是一棵高大的楷树，据称是1915年林学博士白泽保美从山东曲阜孔子墓旁的楷树上采来种子培育长大的。楷树右侧不远处耸立着一尊高大的孔子铜像，立于1975年，高约5米，重约1.5吨。

以上内容足以看出孔子思想在世界范围内影响之深，影响之巨。

我以为中华民族伟大复兴要古为今用，多元化文化是必需的，没必要争论儒法谁是谁非。正如人们对李白、杜甫评论有不同看法一样。作为学术研究，讨论各流派思想脉络，是有助于相应学科发展的，体现了多元化。作为治国理政，前人践行过的经历，我们只能按着时代要求顺乎潮流借鉴，用不着厚此薄彼。

应该强调法治，在中国维稳不强调法治不行。同时，要用儒家思想辅佐、教育民众，即以德治国。法和德不能分开，法为硬件，德为软件，两者缺一不可；两手抓，两手都要硬。

北京大学哲学教授何怀宏认为："对维系社会而言，伦理是基本共识的，对哪家哪派都重要，社会人要履行规范，任何社会都要有大纲大常。"实际上所有社会人都在某种程度上履行着道德规范，遵循着伦理约束。否则社会将无序，会给社会人带来灾难。"

道德的力量是无限的，可以排山倒海。想想看，当地震袭来时，一方有难八方支援的场面何等感人。现如今，志愿者队伍越来越壮大越来越强大，见义勇为行为释放着强大正能量。

欧阳修写过一篇"酒囚论"。唐太宗贞观六年，将300名准备处死的囚犯放回家中处理后事，囚犯按时回归"自归以就死"。这是以德服人的震撼人心的例子。应该承认近几年的德育宣传教育有失误之处，社会教育和家庭教育均有误导。前几天，上海动物园老虎咬死了饲养员的事件，警示人们对兽性要有防范意识。同样，人民会回忆起"狼爱上羊"的歌声飘扬在乡村城市上空，听着别扭。这不是猎奇是什么？

还有一则消息，小学生毕业留言“努力为了人民币”。幼小的心灵怎么会这样？先别怪孩子，这件事暴露了社会、家庭教育的浮躁、功利。

有的学校口号：培养第一流的专家、工程师。请问“第二流”的专家谁培养？个别家长还指着清洁工教育自己的孩子说：“考不上大学只能干这种工作！”

当今，赤裸裸成了时髦的主旋律。

专家也需要，专家式的清洁工也需要。这才是有眼光的看法。

教育者的责任是自觉地用一言一行去创造安静健康的育人环境，呵护孩子们心灵的净土，而不是在一张白纸上按着猎奇、功利心理去涂鸦。

（三）德与法是社会前进的双轨

任何国家，若要人民安居乐业，社会安定有序都是靠着“法”和“德”来维护和运转的。

《道德经》称“得与亡，孰病？是故，甚爱必大费，多藏必厚亡。知足不辱，知止不殆，可以长久”。

译成白话文：获取与丢失相比，哪一个更有害。对名利过分爱要付出更多代价；过于积敛财富，必定会招致更为惨重的损失，故而知足就不会受屈辱，懂得适可而止就不会遇到危险，这样才可以保持长久平安。

老子的这段话，就个人修养而言告诉人们，对名利不可“甚爱”，财富不可“多藏”，“知足”可长久平安。言语间透露出“法”与“德”的界限。老子告知后人，爱是允许的但不可“甚”，一“甚”则超出底线；“藏”是允许的，但不可过多。

贪官们在各种利益诱惑下，贪污公款养小三。贪官不知足，“甚爱”、“多藏”，从缺德到犯法。

古人古训给今人以启迪。历史总是向前发展的，我们要总结和吸取历史教训，以历史为鉴，更好地前进。

我们从封闭、贫穷的状态走到了今天，今天状态用“丰衣足食”四个字已不足以涵盖了，“吃”讲营养，穿讲“品牌”，用讲“潮流”……可就是在这种情况下出了些怪事：出轨孕妇谭某为“补偿”丈夫为其找女孩，导致其夫将女孩杀害；上海高院集体招嫖；妻子“捞”嫖娼丈夫行贿21.5万元；陕西富平出了贩婴医生张淑侠；号称“大师”的王林居然给一批女明星上床开光……

这些违法行为及违法人，均难归“社会人”的行列。这些事暴露了我国基层社会道德和法律教育的薄弱和残缺。

这些扭曲荒诞的事，发生在真人身上，原因是膨胀的欲望无人去抑制。野草不及时铲除，它会比田苗蓬勃。

习主席最近号召，要把党的正确主张变为群众的自觉行动，把群众路线贯彻到治国理政全部活动之中。这就告诉我们，群众对丑恶现象是深恶痛绝的，只要有旗帜式的人物或勇于担当的人物领导群众与丑恶斗争，一支有朝气的队伍将会摧枯拉朽般荡涤着丑恶。

习总书记把敢于担当作为干部必须具备的基本素质特别加以强调，具有很强的针对性和现实性。

担当者，不是中规中矩自己不犯错误，而是要以天下为己任，不打小算盘。“天下兴亡，匹夫有责”是担当者的信条，他（她）们为国家和人民勇于牺牲一切甚至于生命。焦裕禄的一生就充分体现了这一点。

马克思从青年时代就开始研究人类社会发展规律，为劳苦大众探寻没有压迫、没有剥削的社会制度。他的才华在当时是超群的，他要谋求衣食无忧的生活是很容易的。但是，他毅然把自己的命运与无产阶级的命运紧密地联系在一起，艰苦卓绝奋斗一生。

马克思在《资本论》第一卷出版时，对自己的二女婿保尔·拉法格说：“资本论甚至将不够偿付写作时吸雪茄烟的钱……我在为争取8小时工作制而斗争，可是我们自己的工作时间却往往两倍于此。”

当下有一些领导干部正是缺乏担当精神，究其原因：

（1）缺乏理想信念，甚至抛弃信仰。一天到晚盘算自己的事：什么时候该涨工资了，什么时候该换辆新车了，儿子结婚该买什么样房子了……就是对履行岗位责任不去思考。上级发一个文，他（她）逐级宣读一下完事儿，当一天和尚撞一天钟。这样的干部占窝不下蛋，早该挪走撤职了。

（2）回避矛盾，见了矛盾绕着走。作风不硬，不敢抓矛盾，遇见事能躲就躲。当“和事佬”谁都不得罪。这样的干部老于世故要滑头也没用。

（3）不调查不研究，当甩手掌柜，脱离群众，脱离实际，有时还吹胡子瞪眼，把自己凌驾于百姓之上，当官做老爷，还美其名曰：有魄力。

（4）类似上面干部学好了不容易，变坏会很快。因为形式主义、享乐主义、奢靡之风在那等着他（她）们哪！不如尽快换掉他（她）们，别犯大错。

而人民需要的好干部往往都具有以下优点，或者说美德：

（1）善于学习，能升华自身思想境界，有强烈的责任感和事业心。他们为人民做事时从不想自己的得失，一门心思为人民排忧解难，为党的事业担当。

（2）有信仰坚持原则，在大是大非面前勇于出手亮剑。

（3）他们眼光敏锐，能多看几步棋，从不简单“从众”，有自己的独到见解。做人做事谦虚谨慎。

（4）有担当。在人民需要他们的关键时刻能冲得上去，人民靠得住。

党的群众路线教育实践活动，给担当者增加了能量。担当者如沐春风，如得春雨孕育的能量将会以排山倒海之势荡涤着腐朽，又以润物细无声之态服务于人民。

在党的政策指引下，在勇于担当者领导下，中国法律道德之双轨将会越来越畅通。

第二部分

论今感慨

一、写在国人十大思想认识误区前

党的十八大以来，以习近平同志为首的新一届党中央在一系列反腐工作中得民心中民意，领导全国各族人民共同战胜了各种困难和挑战，取得了新的巨大成就。“照镜子，正衣冠，洗洗澡，治治病”党的群众路线教育实践活动，保障了各级领导班子以全新的面貌投身于改革开放的大潮中。

“老虎苍蝇一起打”的决策，称得上是力挽狂澜。事到如今，如果不这样做，国将不国。这不是小题大做，更不是危言耸听。

改革没有完成时，许多工作不可能一蹴而就，我们还需要做大量工作。下面笔者归纳出国人十大思想认识误区，供参阅、参思、参检、参行。这十大误区并非主流，但副作用，不可小视。

二、国人思想认识十大误区

（一）文艺误区

最近，王蒙先生在谈“文化艺术的繁荣与困惑”时提出一个命题“平庸无罪但只剩下平庸就危险了”。有几段话原文抄录如下：“我们是不是应该追求其中能够出现大家、出现经典、出现巨著、出现纪念碑……我们当然不可能排除，也不需要排除快餐式文化段子，但仍旧应该期待大的东西，期待高深的东西。我们需要考虑一个问题：大众化和高端化。”

“小品可以做得很好，但是代表戏曲和戏剧水平不可能只有小品，我们对舞台的艺术，要求有更高的东西出现。”“将来我们这一代人留下什么样的文化遗产？我们现在能留下的只是电视小品、手机段子？这对历史不好交代。”“文化体制改革正在把一大批的文学和艺术推向市场。这种情况之下，怎么样能够取得一种更好的质与量的平衡，外来的艺术形式与民族瑰宝的平衡，群众化大众化的文艺活动和精美的高端的文艺创作的平衡。除了销量、点击率、票房以外，我们还需要建设一个强有力的、有威信的、有学术和艺术水准的、有专业水平的强有力的文艺评估的力量、评估的体系。”

仲呈祥先生指出：“北京应担当实现‘中国梦’的责任。”

“我们当然要看群众喜欢不喜欢，高兴不高兴，欢迎不欢迎。但是，不可以只讲这一面，艺术既要反映人民的精神生活，更要引领人民的精神世界，还要审美的理想。”

王蒙和仲呈祥两位先生都是文艺大家，他们为中国的文化事业做出过并正在做着巨大贡献。他们忧国忧民，老骥伏枥，值得敬重。

本人在前面文章“文化强国梦任重而道远”一文中曾做过相关阐述。

应该面对现实，某小品引领人曾反击说它“俗”的一位教授，认为这位教授“不写点东西他就没饭吃”。这位引领人可谓十分强势。

应该说，我们前一段时间犯了一个错误——“过分看重收视率”，有点像过分看重 GDP 一样。

正因如此，大众化作品像潮水一般奔腾而来，作品作者和演出人员获得了巨大经济利益。可欲壑难填，豆腐块作品要价越来越高，一批小星星张口就要数十万的出场费。在这种形势下，泥沙俱下，鱼龙混杂，三流产品诞生不少，三流人物也曾风光。

这种形势，短暂可以，但不能太长。若是人们司空见惯了这种局面，谁还费劲去搞高端。你搞高端，没市场，就会被挤得透不过气来。

造成这种局面责任在领导。名不见经传的小星星要出天价出场费，这不单是“钱”的事，而是文艺方向的事。如果这种局面持续下去，王蒙先生所希望的“群众化大众化的文艺活动和精英的高端的文艺创作的平衡”是不可能顺其自然地实现的。

怎么办？问问老百姓就有办法，用不着去封杀大众化，也不应该去封杀大众化，谁封杀谁犯错误。一个小星星要天价出场费，还美其名曰“观众乐意给”领导就不能过问一下？他（她）值那么多钱吗？他（她）挣钱超过名家，他（她）不会脸红。因为，如今“赤裸裸”是时尚！

所谓的“过问”、“管”就是引导；你不引导就有人乱来。

政府要制定政策，给高端作品以生机，高端作品才会应运而生。前几年“奢靡之风”那么大的问题，政策一下来，不是很快局面就变了吗！

另外，观众也存在不同需求，求“热闹”者，得到精神满足；求高雅者有点“苦不堪言”。何时大众化与高端化接近平衡了，不同层次的人就各得其所了。平衡是相对的，没有绝对。

还有一个文艺误区，那就是场面越大，越显高端。其实不然，骆玉笙先生的四句唱“重整河山待后生”余音绕梁，源远流长。用艺人的话说“你的玩意儿好不好，不看花拳绣腿，要看真功夫。”

应该说，从组织机构、人力财力方面说我们具备奔向文艺高端化的条件。差什么？要克服国病“浮躁”，领导者要勇于担当，要敢于“引领”。在这一点上，不可以“从众”，急功近利者永远上不了高端。

提倡雅俗共赏，说“俗”并无贬抑之意。理想的文艺局面是大众化、高端化并存共荣互相促进。要想有文艺的高端化：一是领导要有远见；二是要培育扶植那些耐得住寂寞，甘于清苦的人才。我想我们多有几位“王洛宾式”的人物，局面会好得多。

音乐大家徐沛东在文章中称：“我作为一个创作者非常忧心，确定现在各级创作者对创作不够重视。离开了创新，选秀是没有光泽的。节目再好也像过眼烟云一样。我们要坚持创作，坚持创新，我想从我做起，我也要写。”

北京演艺集团副总李龙吟指出“以前的繁荣是虚假的。一些政府买单的大晚会、大制作，对艺术市场的杀伤力是毁灭性的。真正在市场上为人民服务的文艺团体，不管是国营的，还是民营的，都被这种政府买单的晚会挤兑得喘不过气来。现在晚会少了，星星们的收入少了，我看挺好，他们本来就不值那么多钱”。这位副总讲的是演出公司的事，其实国家文艺事业的现状同样如此。

近30年，在文艺这一领域里，出了不少歌星、舞星，还有外国明星加盟。粉丝也不少，有的粉丝像中了邪，大腕们出场费一年比一年高……倒是真热闹。可热闹是浮躁内心的表象，热闹之中需要冷静，有的明星确实挣了不少钱，但是传递给观众和粉丝的不是正能量。

出高端化文娱产品，不是命令出来的或逼出来的。当年老舍先生写出《茶馆》，曹禺写出《雷雨》……是历史担当精神促成他们自己给自己加压写出传世之作。现如今，文艺界奖项多，演出费高，把文艺工作者部分人弄得拜金了、“钱多了，毁了人”、“钱没用对地方”。这里，我想起曹雪芹说过的一句话“富非所望，不忧贫”。他写《红楼梦》并不曾打算获得什么奖。

我们绝对不能搞拜金艺术。列宁认为“艺术家依赖钱袋、依赖收买和依赖豢养，导致自身和艺术商品化”。这段话有些不合当前形势，“豢养”一词也不妥。追忆历史，列宁这段话在当年是对资产阶级进行批判用的。

我们不妨深层次分析一下当今现状，明星大腕们一集电视剧的收入就相当于一个工人一年以上的工资，小有名气的画家一幅画又值多少钱。这也是艺术商品化吧！如果以推向市场为名，行“比赛挣钱”之实，就不会有艺术繁荣。

我以为，能传世的作品，它就是高端化、经典化作品。京剧《四郎探母》、《贵妃醉酒》等，历代名家常唱不衰，经久不息。“梁祝小提琴协奏曲”是新中国成立以来的成功作品之一，可以想象再过几代人仍值得演奏……《茶馆》、《雷雨》再过几十年甚至百年照演，照样有观众。“卖拐”、“不差钱”是大群化的东西，在当时很上眼、很火爆，然而再过一段时间，就会使观众产生视觉疲劳，被搁置起来。

你信不信，“茉莉花”的生命力要长于“忐忑”，我信！

上面这些议论只有作者这样的无名小卒敢说，文艺大家不便说，同行不敢说，怕得罪人。

我一直在想，政府部门应该做两件事，一是管作品，二是管人。当然，存在“管法”问题，首先要建章立制。

作家要追问人心。在改革开放过程中，人心起到了不可思议的作用。我认为阎连科的《炸裂志》是一部道出“人到底是什么样”的好作品。阎连科认为“对欲望、金钱、权力的批判是比较简单的，更深层的问题是：人到底成了一个什么样子？我们常说三十年来人心不古，人怎么成这个样了？但人怎么成这样了，人到底是什么样，我们谁都不知道。我们从封闭贫穷的状态，到今天成了完全无法把握的人，我们自己都说不清我们是什么样。这个小说可能相对细腻、准确地描绘了人到底是什么样”。作品写外表容易，写核心难，这是一部写“核心”的作品。文学戏剧作品，都要有使命感，它们都不是消遣品，通过人物性格，戏剧情节催人奋进向读者（观众）展示真善美。

幽默是高超的搞笑手法，低俗的搞笑只能是消遣人生。

我所说的“管”也许就是王蒙先生所言的评估体系吧！

有的名人出了书，我对这些书评价是“最多可算是生活记录外加一些可公开的小秘密”，这些书催生了一批快餐作品。相关部门只要去“扬”有“核”作品；用不着去“抑”这些快餐作品。不能像“文革”时期，动不动就说人家是毒草，再说人家本来就不是毒草，正如相声演员冯巩在小品里调侃的那样“为什么出书？不自信呗”。人们发现“热闹高潮已过，快餐式的东西正在淡化”。我们应该用制度去引导。“强制”、“自由化”都是不可取的。就目前状况而言“自由不是少了，而是太多了”。

《裴艳玲传》介绍了戏剧大家裴艳玲先生大半生的人生经历。如今虽已年长，却仍活跃在舞台上，同时教书育人。

裴先生是女扮男装之典范，她嗓音高亢嘹亮，行腔似行云流水，武功出众，表演出神，戏路宽广，文武皆备。她认为“演戏，最后演的是情”，“艺术这东西，没个头”。

“做人第一，演戏第二”。她认为关键是做人，“人往这一站，心里要透亮，要一股正气，没有正气你唱多好也是白瞎。”她教徒就是这样教的。

裴先生深恶痛绝的是乱改传统。梅兰芳先生临终前告诉江青“戏曲的程式不能变啊!”启功先生之弟启骧先生称“没有继承就没有创新”、“立身不与流俗传，后辈方知乱世情”。裴先生说“人生不过是自己和自己较劲的过程，在这个过程中，不断成长”，“我不会为了获奖而在舞台上耍花样，踏实地展现自己的真工夫才最重要”。

管人不是治人，各种媒体不应胡乱宣传。明明是在胡编乱改，还是这是与时俱进；有些演员在成长过程中，确实很努力，很吃苦。但不可过分宣传，难道他（她）们的努力能超过裴先生吗?

年轻演（职）员，应该庆幸赶上了好时代。我们不否认你确实刻苦、吃苦，但社会对你的回报早已“物超所值”了。正确评估会发现“能耐”超群者，仍凤毛麟角。

改革的真谛是完善各种事务，不是把一切推倒重来。相关部门与领导应建章立制，管好创作，管好演出市场，还要领导好传承工作。

（二）体育误区

新中国成立以来，中国体育成就举世瞩目，已经成为体育大国，但还不是体育强国。2014 年 1 月 29 日《北京青年报》有一篇短评“政府出资 80 万，奖到李娜心坎里了吗?”

评论称“不错，李娜球艺精湛，意志坚韧，向世界展示了荆楚儿女的顽强拼搏精神，是湖北乃至中国的骄傲。我们可以分享李娜的成功喜悦，也可以通过多种形式继续为她加油助威，希望她再接再厉，在世界网坛更进一步。可政府出资 80 万仍不妥当”，“对于体育运动，政府应该支持，却不该过分介入。地方政府拿钱奖励运动员，把体育政治化，实际上是扭曲了体育的本质”。

改革开放以来，我国国力得到极大提高，经济力量雄厚，纵观历届奥运会、亚运会及国内各种类型的运动会，获名次者，奖金相当可观，在世界范围内不数一也数二。

然而，你不妨去考察咨询一下，当年的吴传王、穆祥雄得多少奖金；容国团、庄则栋、李富荣得过多少奖金；平维泗、容志行又得过多少奖金……但是，他们的精神却鼓励着一代又一代国人奋发努力，创造着一个又一个奇迹。

当然，时过境迁，不能完全拿今天去比过去，但发放奖金应有章法。

NBA 球员按合同拿钱；拳击者，你能 KO 最后的对手，金腰带归你。竞技体育有“战争”味道，但重赏之下必有勇夫的想法和做法在我国却行不通。

体育大家马约翰说过“体育是培养健全人格的最好工具”。他的话对全民体育尤其有指导意义。

对体育事业而言，同样不可急功近利。体育成绩是一个国家科技人文国力人种的综合指标。我国田径成绩经过几代人的拼搏能取得今天的成绩已属不易，百米破 10 秒纪录是有希望的。但要想超过博尔特创造的纪录很难很难，几乎不可能；德国政府给波尔一座金山，让他突破张继科、马龙等人阻力拿冠军，几乎也是不可能的。就是说对体育项目，不同时期、不同项目要准确定位。在乒乓球项目上，美国人就从来不和中国人争雄。

拿了冠军要给奖，天经地义。但要有一个章法和规矩，澳（温）网给李娜奖金，给多少要多少，用不着客气；作为人民政府，你再用纳税人的钱奖励她就不妥了。现如今，李娜的付出，已得到丰厚的回报了，政府再拿出 80 万元绝不是雪中送炭；说锦上添花又不够档次。可这 80 万元如果用于扶贫救困，用处就大了去了。

体育是精神、力量、人格、技艺、技巧的综合体。有时运气在毫厘之间就会帮你的忙。

如果把运动员比作战士的话，为了国家和民族的荣誉，战士会舍生忘死，运动员同样会做到。但这需要心灵的交会。领导者、教练员要在运动员入行时就能率先垂范，润物细无声的教徒成长。

有些项目我们确定技不如人，只能蓄力待发；但有的赛事（或项目）却是输在精神和人格上。

精神和物质在运动员身上都会起作用。不同时期不同情况，作用显现不同，谁能把握住“火候”谁就能取胜。

国家体委应制定政策，规范奖金的发放。有些有实力的大公司或个人一掷千金，初衷是善良的，但未必起到正能量的作用。就这件事本身而言，实施者显得幼稚，缺乏深谋远虑。因为，这样下去将会导致无章可循。“火着，火着，火到没人管了，因烧钱烧不起了，没人伸头了！”感情用事，往往会导致这样的结果。

我认为政府应该为那些曾为体育事业做过贡献的人做些长远打算，建立健全各种法律法规，希望不要再出现街头卖冠军奖牌令人遗憾的事。

《管子·权修》篇指出“一年之计莫如树谷，十年之计莫如树树，百年之计莫如树人”。

体育上的事，绝不可有短期行为。虽说运动员的运动年龄很短暂，但同样要有百年树人的思想。发现好苗子已经不易，就如探宝一样，不是任何人经过努力都能成为刘翔、姚明式的人物。

有了玉石还需有德之师来雕琢。总体来说，体育界师徒关系处在良性阶段，因此才能有今天的体育成就（成绩）。

体育事业用激励办法是对的，但最难的一个字是“度”或者两个字“火候”。

两支势均力敌的队伍，谁在战前动员中调动运动员潜能的工作做得到位，谁就能赢，对于这一点教练员和运动员都深有体会。就调动运动员潜能的方法而言，物质的和精神的都管用，不可偏颇，这要看动员者的功力。“官兵同欲者胜”。

体育运动有风险。例如足球运动员要从娃娃做起，而在训练过程中受伤是正常现象，这就需要制度保障。否则，小孩家长找教练算账，谁还敢当教练！现役国家球员的腿对他（她）们来说十分金贵，如果受伤了，国家应该有政策性法规的保障，解除当事人的后顾之忧。

大科学家钱学森先生的“工程控制论”，毛泽东主席就十分欣赏。其中心内容是组成设备不是各部分均用最好的材料，而是要各种材料的有机组合。体育集体项目更是要有机组合，更需教练的艺术功力。

当今，体育界还要加强德育教育，树立运动员为国家增光的精神，就连不少外国教练员都要求运动员要有为国增光的精神。应该要求专业运动员有“健全人格”。

现如今，有些运动员得奖后，感谢教练，感谢父母，感谢妻子或丈夫，这很正常。然而，这些人不要忘记，没有祖国的强大，你也很难出彩儿，这绝不是套话。姚明、刘翔成为巨星，有自身的天赋，也有他人难以想象的付出。但是，他们不能否认国家对他们的付出，这是事实。作为个人，不应该也不可以过分自我。有一种十分崇高的境界“过归己任，功让他人”，做到这一点很难，但有些践行的过程渗透着此理。打球输了，进行自责；个人破了某一纪录，首先想到所有帮助过自己的人并能将个人荣誉和利益与国家结合起来，但愿这样的人越来越多。

李娜成功了，她是个“自行经营的实体”，对于这种体制，不一定要以此标准为模式。可有些媒体“过分发挥”，要树这种模式为成功典范，就值得商榷。

有些运动员，有些演员在金钱上过分“认真”，奖金少一点儿都不行，出场费不达标就不出场。为什么会这样？一句话“国家惯的”！以此次澳网为例，李娜在澳洲上交约40%的税，回中国就不用上税了；要是在英国，回国后还要再上50%的税，国家不和个人计较，个人也算好运。另外，国外很看重荣誉奖，今年1月30日C·罗获得个人职业生涯第二次金球奖，得到了葡萄牙的国家最高荣誉——大十字勋章，却并无现金奖励。

就传统而言，中国从重视精神奖而变为重视物质奖的国家，这不是好现象。是从一个极端走向另一个极端，往轻了说“一种倾向掩盖了另一种倾向”。长盛不衰是世界级难题；同时它又是所有国家追求的目标。

体育是培养健全人格的最好工具。同时，体育也是培养民族自强精神的重要手段。人生能有几回搏，此时不搏待何时！我们在竞技场上看到了那些未得名次而坚持到底的场面，十分感人，这也正是奥林匹克精神真谛的表现。只要上了场，你代表的就是你的国家，国家荣誉高于一切，不得“牌”其震撼力也强大无比。记得国外教练曾要求足球运动员要“像豹子一样”拼搏在足球场上。作为教练员执教或运动员自身修养应该强化一下精神层面。

既然讲精神层面就多说几句。

笔者认为《狼图腾》这本书讲了不少哲理性很强的精神层面的事，我个人赞成这些看法。

西方民族走的是一种保留人性半野蛮的文明发展之路。而华夏民族走的是一条“无野蛮”的家耕式“文明羊”的道路。西方从古代“野蛮狼”走到古代“文明狼”，再一直走到“现代文明狼”，现在正在迈向现代“文明人”行列。亚洲的日本从他们自己认为的公元前666年建国至今走的也是文明狼这一路径。

在这一点上，儒家思想有明显的崇羊灭狼的农耕性质，我个人认为这不可取。如果国人都成了谦谦君子，都成为羊性顺民，就必定要受外人欺辱。

只有华夏民族在性格上狼性羊性大致平衡，狼性略大于羊性时，华夏中国才能国富民强，经济文化繁荣昌盛。

愿体育界再多一点狼性。运动员们所说的“侵略性”就是狼性的体现，这一点在足球、篮球等集体项目竞技场上体现得尤为明显。

（三）保健误区

在我国国民的认识中保健误区很多。究其原因有三：一是有钱了，想改善提高生活质量；二是缺乏科普知识，做非理性消费之事；三是有些商家玩“概念”骗人。

先说空气净化，确实可以对某一空间进行净化，国产高效过滤器对 0.3 微米粒径微粒可除掉 99.91%；蜂巢型电子过滤器，它也是除尘器。在发射板上装有放电针，通电后对空气进行电离，产生高浓度等离子体，这些等离子体收集尘粒，在对空气电离同时又起到杀菌作用，灭菌率可达 94%；目前，国际上还大量使用光触媒纳米级二氧化钛杀菌器，由于二氧化钛（TiO_2）无毒，又大量用于食品、化妆品、医药等领域。现在的问题是，上面介绍了工艺设备绝大多数用于工业厂房和实验室。居家不具备使用条件，而且能耗很大。就现状看，经济条件好的家庭也很少用上述设备。

你如果能把问题看开了，你家这一小空间，再净化也没多大用，难道你就不外出了吗？在外面也得呼吸吧？所以，还是同心协力把大环境治理好是根本办法和出路。

目前，国内市场上有吊顶式空气净化器或壁挂式空气净化器。

壁挂式更适于家居，DY-1/2-CSB-O 型置换风量每小时 50 立方米；DY3-CSB-O 型置换风量每小时 300 立方米。这种设备有净化空气作用。但是，使用一段时间后机器滤网上会积满污物，清理复活设备十分困难。无论国产还是进口空气净化设备，说明书上凡注明“无须清理沉积物”的都是假话，作为用户必须提高警惕。国家正在花大力气治理大气，如果靠百姓个体自身防范那将很难堪。作为个体，装修居室，选择合格材料倒是十分重要的。否则，甲醛、苯等挥发性物质将会昼夜危害着你和家人的健康。

再谈谈饮水问题。卫生行政部门必须对水源水、出厂水和居民用水点进行定期检测，并做出水质评价，告知当地居民，这也是居民的知情权。设想一下，如果家家都靠净水装置保障饮水安全，那将是水务部门的失职，国之悲哀。

目前，净化水机市场的宣传有夸大不实的现象。其实有些问题不是某些商家宣传的那样，对这样的宣传（或广告）有关部门也需强化管理。在表1中，画△处表示出直饮水（直饮水俗称纯净水）与普通自来水之区别。通过这一量化指标的对比，我们会发现，直饮水要求确实较高，但它没有绝对化。

溶解性固体，普通饮水每升不得超1000毫克，直饮水每升不得超过500毫克；总硬度是指水中所含 $CaCO_3$，$MgSO_4$，$MgCl_2$，$CaCl_2$ 等盐类总和，要求饮用水每升不得超过450毫克，要求直饮水每升不得超300毫克见表1。表1中参数的限量告诉人们：纯净水也允许含有杂质，只是量多量少有所不同罢了。

表1　普通饮用水和直饮水对比

项　目	参数名称	生活饮用水 GB 5749—1985	直饮水 CJ 94—1999
感官性状	色　度	不超15度	5度
	浑浊度	不超3度	1UNT
	臭和味	无	无
	肉眼可见物	无	无
一般化学指标	pH	6.5～8.5	6.5～8.5
	总硬度	450mg/L	300mg/L
	铁	0.3mg/L	0.2mg/L
	锰	0.1mg/L	0.05mg/L
	铜	1.0mg/L	1.0mg/L
	锌	1.0mg/L	1.0mg/L
	铝		0.2mg/L

续表 1

项 目	参数名称	生活饮用水 GB 5749—1985	直饮水 CJ 94—1999
一般化学指标	挥发酚类	0.002mg/L	0.002mg/L
	阴离子合成洗涤剂	0.3mg/L	0.2mg/L
	硫酸盐	250mg/L	100mg/L
	氯化物	250mg/L	100mg/L
	溶解性总固体	1000mg/L	500mg/L
	高锰酸钾耗量		2mg/L
	总有机碳 TOC		4mg/L
毒理学指标	氟化物	1.0mg/L	1mg/L
	氰化物	0.05mg/L	0.05mg/L
	砷	0.05mg/L	0.01mg/L
	硒	0.01mg/L	0.01mg/L
	汞	0.001mg/L	0.001mg/L
	镉	0.01mg/L	0.01mg/L
	铬	0.05mg/L	0.05mg/L
	铅	0.05mg/L	0.01mg/L
	银	0.05mg/L	
	硝酸盐	20mg/L	10mg/L
	氯仿	60μg/L	30μg/L
	四氯化碳	3μg/L	2μg/L
	滴滴涕	1μg/L	0.5μg/L
	六六六	5μg/L	2.5μg/L
	苯并芘	0.01μg/L	0.01μg/L
细菌学指标	细菌数	100 个/mL	50cfu/mL
	总大肠菌数	3 个/L	0cfu/mL
	游离氯	≥0.05mg/L	≥0.05mg/L
放射性指标	总 α	0.1bg/L	0.1bg/L
	总 β	1bg/L	1bg/L

注：本表依据国家标准和地方标准绘制。cfu——菌落形成单位；NUT——散射浑浊度单位；Δ——表示直饮水与普通自来水的区别。

人的饮用水，没有钙、镁离子是不行的，人体的健康需要这些物质。但是，长期使用蒸馏水对人们的身体非常有害。

其实，国家饮用水标准中对细菌含量是有控制标准的，并非越纯净越好。相比普通饮用水而言，稍有科学常识的人都知道，只是直饮水标准要求高些而已。

但有的商家竟然欺骗用户称他们卖的水中含氧丰富，这是典型的胡说八道。水中溶解一定量空气，空气中含氧，鱼才能在水中存活，水生动物才能生长。但水中含气体饱和后是无法增加的，更何况水中溶解空气量是有限度的。鱼用鳃呼吸才依赖水中的氧。

人们在研究“富养”水，在水中加入人体所需的微量元素，这是可取的好事。但是，这个“养”与空气中的“氧”完全是两码事。

制造饮用净水即优质直饮水有前处理、后处理之分。直饮水在管路或容器内存放时间不应过长，因此动态的要求水流速大于每秒 2 米，在容器中存放时间不应超 6 个小时，滞水将严重降低水质。

对 MRO 1101—5（升级版）净水机进行如下分析：

其说明书称“第一级 PP 棉滤芯，过滤水中大颗粒物质，如泥沙、杂质、铁锈、悬浮物等。

第二级颗粒活性炭滤芯，有效吸附水中的异色、异味、余氯、部分有机物等。

第三级超滤滤芯，去除水中各种细菌、铁锈胶体、有机物等杂质。

第四级反渗透滤芯（即 RO 膜滤芯）过滤水中除水分子外的物质。

第五级后置活性炭滤器，进一步吸附水中小分子有机物改善口感，出水甘洌可口”。

说明书中维护保养第 12 条强调“每天第一次取用饮水时宜先放水约 500 毫升，以放掉管中存水”。

该机适用水质：市政自来水（GB 5749—2006）。这种水机用了活性炭吸附过滤法和膜分离法。膜分离法又分微滤（MF）、超滤（UF）、纳滤（NF）和反渗透，该水机属超滤和反渗透综合体。

该水机无后处理（消毒）设施，即无杀菌装置。

然而，该水机却拿不出 CJ 94—1999 检测报告。可以判定，它不可能达到该规范所要求的指标。

第三级“去除水中各种细菌、铁锈、胶体、有机物等杂质。”这句话是“玩概念”忽悠外行人。水中的细菌在冷态下是永远除不尽的。

第四级“反渗透滤芯，过滤水中除水分子外的物质。”这话更离谱。这一条告诉用户“此机出的水，纯而又纯，只有‘氢二氧’”。但是，熟悉水常识的人是不会信这话的。因为，滤不掉的物质还多着哪！

公道地说，该水机除杂质作用确实有，经过该水机处理的水在开水壶里结垢很少，异味异色皆无。

该产品说明书中告知用户每天用水前先放掉 500 毫升左右是负责任的举动，但真正能做到这点的用户很少，一是不注意，二是缺乏这方面的知识。

因此，有关管理部门要对饮水机厂家提三点要求：

（1）出具针对你产品的国家检测报告；

（2）以科学的态度对待科学的事，别“玩概念，把话说绝”；

（3）必需具有杀菌装置。

现在有一种宣传（说法）“环境污染触目惊心，水中存在大量的工业污染物”。这话不对！环境污染不假，自来水公司输出的有压水通过管道送给用户，不存在污染，自来水公司承担着法律责任呐！谣言止于智者，“忽悠”同样止于智者。

因此，有钱了，把心态放平和些。用自来水烧开水喝，对人体无任何伤害。如果用“水机”，则需按专业知识选购。

人们有提高生活质量的愿望，无可厚非。但要理智消费，买一屋子补药未必能健康；活人离不开水和空气，要保护环境；所有社会人要对社会负责。不可“忽悠”别人，也别被人“忽悠”。

（四）信仰误区

举几个例子说说相信迷信的官员。

原铁道部长刘志军为求“平安”，长期在家烧香拜佛，还在办公室屋里布置了“靠山石”。一些项目开工竣工时，刘志军都会请“大师”选择黄道吉日。

山东省泰安市原市委书记胡建学，因为有“大师”预测其可当副总理，但命里缺桥。因此，他就下令将已施工的国道改道，使其穿越一座水库，并在水库上修建了一座大桥，以利其升官。

河北省原国税局党组织书记、“河北第一秘李真”是一个十分迷信的贪官，升迁过程多次找“大师”算命，用大笔钱财奖励“帮助”他升迁的“大师”。

河北省原常务副省长丛福奎信佛，将贪污受贿来的大笔钱财捐给寺庙，曾一次就送给寺庙住持一部轿车。

广东省清远市公安局原局长周传煌，认为其前任受贿被绳之以法是公安局的大门不正。于是，请风水先生现场勘查，把原门楼推倒，重新修建了一个……

这种现象源于这些曾经是社会精英的“官们”对未来没有把握，想对升迁过程不确定因素进行预测，希望得到某种神力的保佑，想找一根“救命稻草”。其空虚的心理，正中“大师”下怀。

这说明多年反封建迷信的斗争任重道远，对正确思想的培养发扬不够。这些徒有虚名的共产党员，开始求神拜鬼了。

不能小视这种现象，这是对共产主义信仰的背叛，这是开历史倒车。正如著名理论家俞可平在中央党校刊物《学习时报》上指出“哪还有一丁点的共产主义信仰!”在著名导演吴天明的追思会上，吴天明女儿吴妍妍的闺蜜程琳告诉记者：“吴导曾经跟我说：‘一个人一定要有信仰，一个国家一定要有信仰，就像大鹏冲天，它不能只靠物质的翅膀，也要靠精神的翅膀，才能高高飞翔。’作为一名艺术家一定要有精神上的进步意识……”

这些相信迷信的官员，入党时也曾誓言：“为共产主义事业奋斗终生。”由于他们腐败了，令人痛心地失去了信仰，走向反面。当然走向反面者是少数，我党的干部绝大多数还是为信仰而工作、战斗的。

全国人大代表白玛赤林今年63岁，从2010年起任西藏自治区主席，2013年1月起任西藏自治区党委副书记、区人大常委会主任。他讲“我是一个彻头彻尾的唯物主义者，但是我妈妈是一个彻头彻尾的宗教徒，她86岁了，天天转八角街。我们很和谐，为什么？因为我们国家宪法规定，宗教是自由的，信仰什么教也是自由的，我们要尊重正常的宗教活动”。“我是共产党员不信教，我妈妈信教，我们就势不两立了，这叫和谐社会吗？不是。我和我妈妈之间就是这么处理的，她信她的教，我不陪她去转经，但为了她的安全，雇个保姆陪护她，不然摔伤了也不行。”

全社会各阶层人都在为实现中国梦奋斗着，思想领域里也正在纵深讨论价值观，尤其是青年人要深刻领悟，践行自身价值，亿万个“小价值”合成一个“大价值”，就会大鹏冲天。

郭明义“帮助别人快乐自己”是在实现自身价值；最美乡村医生终年在边远地区为百姓医病是在实现自身价值；航天人放卫星是在实现自身价值；最美女教师用身躯保护学生也是在实现自身价值……

人生一世，能力有大有小，只要你尽最大努力释放正能量，就算有信仰；如果你入了党，又求神请鬼攀“大师”那就是背叛信仰。

有信仰的人活得有尊严。李嘉诚先生是巨富，他不是共产党员，他的信条（其实是信仰）是“建立自我，追求无我”；“发上等愿，结中等缘，享下等福”；“择高处立，寻平处住，向宽处行”。

对普通百姓来讲，烧香祈福，祈求福祉是允许的、合法的；共产党员则不应该这样做，党纪也不允许这样做。加入共产党，又信教那是“主义不真”。

有信仰不等于非要信仰哪个教，信教本身就是一种信仰。

在前面的例子中，刘志军、丛福奎、李真也不是真正信佛，烧香人不都是真正信徒。佛教的教义是“善”，刘志军、丛福奎、李真善吗？他们不善，他们利用佛教掩盖他们贪婪后的内心空虚，为自己谋权谋利。从道德层面讲，他们是无信仰的市井小人。

最近看了一篇文章，作者是中国社科院宗教研究所所长、中国宗教学会会长卓新平先生（自2008年起连任两届全国人大常委、民族事务委员会委员）。其文章的题目是“宗教问题应该‘拉进来’”。我学习后增加了信仰、宗教知识。

中华人民共和国成立60多年了，我们对自己的民众，尤其是信仰群众，要有一个基本自信，要将他们看做是“自己人”来引导。

我们应该把中国传统文化及其蕴含的宗教文化视为一体。宗教中会有一些保守甚至极端思想，但也有强调积极与时俱进和中间主义思潮，这些宗教现象又有复杂的国际背景。

因此，我们要做的是正确看待宗教，积极引导宗教，让一大批经过正规训练、社会认可的宗教教职人员去讲解宗教，宣传教义，使受众与国家、社会主流的价值观相吻合。让那些“念歪经”的人没有市场。

让信教人在阳光下信仰，正常宗教都得到宪法保护，这样就使得躲在黑暗中用宗教搞政治的极少数人，理所当然地受到法律制约。要把宗教视为社会正常存在，以平常心来对待，不要以敏感异样的眼光看待宗教。

如果否定宗教，那就正中了一些敌对分子、分裂分子的下怀，会激化矛盾，也是直接违背《中华人民共和国宪法》的行为。

我们必须冷静对待宗教问题，绝不可伤害信教群众和少数民族感情。我们应该调动宗教自身，尤其宗教界教职人员的积极性，让他们能真正跟我们党和政府同心同德、肝胆相照，在弘扬宗教积极价值、净化信众心路过程中为民族团结做出贡献，为实现中华民族的伟大复兴做出贡献。

在中国这片土地上，经过百年探索，我们认定走中国特色社会主义道路是唯一正确道路。十八大总结出的道路自信、制度自信、理论自信是在中国共产党领导下中国历经百年的实践总结出的结论。

中华民族是一个兼容并蓄、海纳百川的民族。在这片土地上你可以加入中国共产党；你可以信佛；你可以信天主教；维族兄弟，回族兄弟信仰伊斯兰教……在这个和谐大家庭里人人为振兴中华在奋斗着，人人都可以参加政党宗教活动。我们谈信仰，不是谈宗教，但国人应该知道宗教的内涵。

其实，主流价值观古往今来都存在，都在显现。说得朴素一点：主流价值观是要求“人要走正道”。

《尚书·周书》中云“功崇为志，业广为勤”大白话的意思是：取得伟大的功业要有伟大的志向；完成伟大功业在于辛勤不懈的工作。

什么是信仰，认定一个方向，确定一个内容就是信仰。航天人是“功崇为志，业广为勤”的典范。信佛，信天主教，无党派民主人士不信教……小信仰不一样，但大信仰一样：都要振兴中华，都在为实现中国梦奋斗。

1936 年 10 月 19 日鲁迅病逝，民国时期“副刊大王”孙伏园的挽联，使用鲁迅先生的作品名称成文，堪称一绝。

踏莽原，刈野草热风奔流一生呐喊

痛毁灭，叹而已十月噩耗万众彷徨

毛泽东主席都给予极高评价的鲁迅信仰是什么？我看就是“横眉冷对千夫指，俯首甘为孺子牛”。

再讲一点中国共产党早期主要领导人之一——瞿秋白为信仰英勇就义的史实。

1935 年 6 月 18 日，瞿秋白在福建汀州英勇就义。

临终那天早晨，他写下了绝命诗。当特务连长走进牢房时，他没有停笔，写下了这样一段话：“方欲提笔录出，而毙命之令已下，甚可念也。秋白曾有句‘眼底烟云过尽时，正我逍遥处。’此非词谶乃狱中言志耳。”最后写下了“秋白绝笔”4 个字。

当年，秋白同志在就义处，用俄文高唱着《国际歌》和《红军歌》用清亮的常州语言高呼着“中国共产党万岁！”和“共产主义万岁！”然后说了一句“此地甚好！”坦然坐下慷慨就义，时年 36 岁。

秋白同志在就义前写下了《多余的话》话中有云：“这个世界对于我仍然是非常美丽的。一切新的、斗争的、勇敢的都在前进。那么好的花朵，果子，那么清秀的山河水，那么宏伟的工厂和烟囱，月亮的光似乎也比从前更光明了。但是，永别了，美丽的世界！”秋白同志为了党的事业，为了共产主义，为信仰英勇就义。

秋白同志因《多余的话》遭到人们，其中包括共产党本身的误会。然而，误会不是事实，一旦真相大白于天下，人们会用良知衡量是非。秋白同志热爱人民、热爱党、热爱生活；对敌人铁骨铮铮，为信仰大义凛然。作为常人秋白同志才华横溢、人格高尚，一首诗，一件事足以证明。秋白同志未到红区前在上海时写过一首诗：

万郊怒绿斗寒潮，
检点新泥筑旧巢。
我是江南第一燕，
为衔春色上云梢。

红军北上之际，瞿秋白把自己的强壮马夫换给了徐特立同志。

应该这样评价瞿秋白同志：没多少人能够做到像他这样地坦然面对历史和现实，以及视死如归的坚信信仰。

秋白同志精通俄语，一夜可写一万多字，《瞿秋白文集》就在500万字以上。

鲁迅先生说过："就凭瞿秋白能够翻译《死魂灵》这一条，杀他的人就该判死罪。"

茅盾先生说过："左翼文学两领导，瞿霜（即瞿秋白）鲁迅各有千秋。"

秋白同志在突围未果的情况下落入敌手；叛徒将秋白的身世告诉了敌人。当时，国民党36师师长宋希濂是黄埔军校瞿秋白的学生，宋给了秋白同志照顾，牢房多了外间一间小屋作为会客用。其实，很多劝降、诱降和威逼在这间小屋里轮番上演着。

秋白同志命尽天涯时还是那样从容淡定，还是那样豪气凛然，没有伟大信仰的人是无法做到的。

在中国历史上，帝王将相中，有的人大展鸿图，千古扬名；有的人醉生梦死成了后人笑柄或成了反面教材。原因何在？可以说均源于信仰不同。这里所言信仰，既不是宗教也不是党派。而是指社会人在崎岖的道路上，在跌宕起伏的人生境遇里能否励精图治殚精竭虑地驰骋奋进；还是沉醉于轻歌曼舞中，在温柔乡里游戏人生。

曹操是汉末杰出的政治家和军事家。鉴于汉末阶级矛盾激化，他实行了抑制豪强兼并的政策，屯田发展生产，依法治国治军，主张任人唯能，禁绝淫祀等政策。曹操"外定武功，内兴文学"。

在1963年10月7日，毛泽东主席曾手书《步出厦门行》第四首《龟虽寿》赠日本友人石桥谌山。

《龟虽寿》

神龟虽寿，犹有竟时，腾蛇乘雾，终为土灰。
老骥伏枥，志在千里。烈士暮年，壮心不已。
盈缩之期，不但在天。养怡之福，可得永年。
幸甚至哉，歌以咏志。

以“神龟”作比喻。虽说“神龟”长寿，仍有死时；腾蛇能够乘雾上升终究也要死去成灰土。以上四句从反面作喻。接下来说，千里马虽年老力衰，伏在马厩里，但它的志向是要驰骋千里；烈士到晚年也不会消沉。接着进一步发挥，一个人寿命长短期限，不完全由上天决定，精神乐观可以延年益寿，不必为寿命担忧，也不应因年暮而消沉。一个人精神面貌十分重要，有了凌云壮志就可以老而不衰。曹操写此篇时已年过半百，诗中话语也是对他自己的勉励。

毛泽东主席对曹操的诗文是赞赏的。当年，曹操为制伏袁绍父子割据的后盾乌桓贵族，建安十二年五月出征乌桓，班师凯旋路过当今北戴河一带的碣石山，写下了《观沧海》一诗。

毛泽东主席的《浪淘沙·北戴河》中名句“往事越千年，魏武挥鞭，东临碣石有遗篇。萧瑟秋风今又是，换了人间”，说的就是曹操当年挥鞭碣石风采。

再说说不争气的皇帝南唐李后主李煜（937～978）。李煜即位时国势益发奄奄不振，正处在北方宋朝压力之下。李煜一方面对小朝廷存亡忧虑不安，每年用金银贡物讨宋太祖欢心，以图苟存。另一方面，尽情享乐，终日深宫征歌逐舞，沉醉于声色。在奢靡绮丽生活中做了十年皇帝，公元975年被宋朝不费吹灰之力拿下金陵，成了囚徒。

李煜的《玉楼春》：“晚妆初了明肌雪，春殿嫔娥鱼贯列，笙萧吹断水云间，重按霓裳歌遍彻……”就是表现宫廷生活艳丽、慵倦和淫靡的。

李煜处在五代混战时期，改朝换代的事频出。一些小王国的君王们怀苟安心理，寄情声色，过着奢靡腐化生活。为适应歌台舞榭的需要，一些剪翠裁红，以描写女人为能事的词大量产生。后蜀赵承柞编集作者十八人，词五百首，成了历史上的“花间派”。

作为一国之君，整天迷恋在女人堆里，不思进取，及时行乐，不亡国那才是怪事呢！

李煜被囚之后写下了《虞美人》：

春花秋月何时了？往事知多少，小楼昨夜又东风，故国不堪回首月明中。雕栏玉砌应犹在，只是朱颜改，问君能有几多愁？恰似一江春水向东流。

词中道出被囚禁被侮辱的巨大痛苦，道出物是人非的悲伤……

晚了！当了囚徒再悔恨自己又有何用呢！曹操能“老骥伏枥，志在千里”。李煜却只知道“女人晚妆”、“肌雪”、“嫔娥鱼贯”、“笙萧”、“霓裳”……

客观地说，李煜是有才华的，文笔相当不错。他能从狭窄虚浮的花间派跳出来，扩展提高了词表现生活、抒发感情的能力。但作为一国之君，你不去探讨治国理政之术，而终日卿卿我我；这就给自己很快成为灰土创造了条件。君王不务正业，国将不国。

当今社会中，那些“老虎”们有才华者大有其人，但他们信仰错误，他们信“财”、“色”、“名”、“利”。“利”令他们智昏，想隐藏也隐藏不了多久。对于那些有担当者们，他们信仰的是中华振兴，每一天都殚精竭虑，一生励精图治；他们代表人民，人民拥戴他们，焦裕禄、雷锋就是杰出代表。

才华像一剂药，用对了魂魄都能升华；用错了将身败名裂，才华如物理学中的“力”，力是有方向的，方向错了，力越大给国家、人民造成的损失越大。比较一下那些大贪，那些大老虎，个个聪明才智都用错了地方。

如何用药，如何掌控方向，皆由信仰决定。

“老虎”们不是一出生就坏。初踏征程，显现才华，登上较高位置，在强烈的诱惑下，信仰不坚定，看不清或错判形势，赌徒心理使他们铤而走险，结果自毁人生。

信仰坚定的人，能为信仰献出生命（如瞿秋白），为信仰百折不回，沧海横流方显英雄本色。

1907 年 12 月，“镇南关（睦南关）起义失败”孙中山亲临战场。失利后率军退入安南（今越南），由马背上吟成七绝一首。

咸来意气不论功，
魂梦忽惊征马中。
漠漠东南云万叠，
铁鞭叱咤厉天风。

这四句诗像一幅画，让人想象到一位失利后骑马穿行于南国丛林中的儒帅形象，其字里行间洋溢着作者百折不挠的革命精神。

毛泽东主席指点江山，开振兴中华之先河，激扬文字为后人留下治国安邦法宝。

《七律·长征》

一九三五年十月

红军不怕远征难，万水千山只等闲，五岭逶迤腾细浪，乌蒙磅礴走泥丸。金沙水拍云崖暖，大渡桥横铁索寒，更喜岷山千里雪，三军过后尽开颜。

红军二万五千里长征，从南中国出发时的 8.6 万人，到陕北时只剩下不到 6000 人。长征是为中国寻求出路的壮举，经历的艰难难以想象。是与天、地、敌人同时斗争的惨烈壮举。

就是这不到 6000 人的队伍，后来，建立了新政权，由小到大建立了新中国。“英雄造时势，时势造英雄”这句话有辩证意义。历史证明了毛泽东主席是造时势的大英雄。

长征是改变中国人精神面貌的壮举，它扫除了中国人懦弱任人宰割的精神状态，随之而起的是英勇大无畏、视死如归英雄气概在中华民族大家庭中迅猛成长，成了时代精神的主流。

布热津斯基说："对崭露头角的新中国来讲，长征的意义绝不只是一部无可匹敌的英雄主义史诗，它的意义要深刻得多。它是国家统一精神的提示，也是克服落后东西的必要因素。"

信仰是力量的源泉，我们讲了古今大英雄们的信仰及产生的社会效应。

信仰是需要引导的。李煜，醉生梦死地过日子，他的国民少数精英会有所反对，但多数是随波逐流，这样的国家，国力肯定不堪一击；曹操笃信"烈士暮年，壮心不已"。曹操的武装力量就能战胜乌桓，其实力造成当时中国的三足鼎立。至于说中国革命，全党全军贯彻毛泽东思想，建立了新中国。

改革开放的当今中国，中国梦应该是全国人民的信仰。我们中国好的理念已经确立——建立中国特色社会主义。如何把理念变成现实，如何把顶层设计变成现实。必须用铁腕实施。否则，就难以保证社会安定和进步。

实施顶层设计障碍在外部，西方支持扶植的所谓"民主斗士"要"民主"，实际上是要权力。这其中有个规律：凡是反对共产党的势力，西方，尤其美国肯定鼎力相助。在国内，"自由化"是一大危害。在国内有些人看来，听了我的意见便是民主，不听我的意见就是不民主。我也可以出言不逊，也可以胡来，那是我的自由，我的人权，你要来制止，就是专制，就是独裁！这些人有认识问题，更有阶级的问题。但有一个共同的目的——唯恐天下不乱。

要想安定，法律必须有权威，法律条款要有牙齿。我们的态度应该是"走自己的路，不管别人怎么说"。

我们谈信仰，不是说只有做出擎天伟业的人才能谈信仰，寻常百姓同样存在信仰，而且提倡人人要有信仰。因为，改造国家命运首先就要改变人。

当今，中国社会主意识流是积极进取的，人们精神状态是向上的。一旦非常情况出现，如地震等天灾发生时，人民迸发出的力量是超乎想象的，青年人的表现就更胜一筹。社会上的志愿者队伍，更是一支伟大的队伍。关于价值观和家风的宣传，又为这支队伍增强了力量。

作为中国人，在世界范围内必须有自立于世界民族之林的硬汉气概，绝不能接受美国和日本等西方资本主义的价值观，活生生的例子就摆在眼前。当年，苏联戈尔巴乔夫经济改革失败，转而照搬西方民主，换来的是“北约东扩”、西方的“颜色革命”顺利发展。当前，安倍晋三正在复活军国主义，可以说军国主义者就是恐怖分子。日本帝国主义者军歌“冲向高山，让尸骸填满沟壑；走向大海，让浮尸浮满洋面”令其丑恶目标暴露无遗。日本侵略中国，从来都是以屠杀为征服手段的。作为中国人，走自己的路不被西方或西方思潮“忽悠”，应该作为当今中国对外的信念，说它是信仰也未尝不可。

美国有也好，日本也好，他们永远都想奴役你、控制你。只有我们发展了、壮大了，他们才能和你平起平坐。其实其内心也永远期待着打败你。我以为，如今国人及后人都应该坚信这一信念。

我们坚定不移地发展经济，我们的经济实力已世界瞩目，然而不能有丝毫懈怠，我们还要发展与国力匹配的国防。戈尔巴乔夫把一个大国变成一个受人奚落的弱国，很可悲。好在普京给力，正在复元气，正在展雄风。

这让我想起了李后主李煜的《破阵子》一词：

四十年来家国，三千里地山河。凤阁龙楼连霄汉，玉树琼枝作烟萝。几曾识干戈？

一旦归为臣虏，沈腰潘鬓消磨。最是仓皇辞庙日，教坊犹奏别离歌。垂泪对宫娥。

林彪曾用“几曾识干戈”、“垂泪对宫娥”教育林立果，因信仰错误，终究未能逃脱灭亡命运。有些东西可以复制或失而复得，但戈尔巴乔夫已经没有东山再起的可能，历史的教训是十分惨痛的。

在国内信仰主流是好的，但仍然存在很多问题，要改变信仰弊端，不花大心力是实难做到的。

改革开放不可自由化，应从“诚信”、“伦理”、“纲常”中找共识，使其成为行为准则。否则，会导致信仰茫然，成功也走不远。

先说上层建筑的事，现在又叫顶层设计。《百年孤独》作者加西亚·马尔克斯的去世引起关注。中国社科院外文所所长接受记者采访时表示“马尔克斯告诫作家们创作时，不要过度地娱乐化，如今当代文学呈现一种产业化、娱乐化、商业化的倾向。当代作家，特别是青年作家，不应丢掉对民族传统的挖掘。中华民族还没有资本去娱乐，我们挖掘得还远远不够。现在所谓的文化多元化，实际上就是美国化，这对我们民族文化的创伤是致命的，我们的民族认同感在哪里，我们的民族凝聚力在哪里，这是作家首当其冲要思考的问题”。很巧合，我在文娱误区篇章中阐述过上面类似观点。

习总书记指出：“没有文明的继承和发展，没有文化的弘扬和繁荣，就没有中国梦的实现。”执行习总书记的指示，文明、信仰将得以继承和发展，认真挖掘民族传统才能有中华文化的繁荣，才能防止偏颇进而实现中国梦。

早在1934年6月7日，在《中华日报》副刊“动向”上有一篇署名霍冲的文章，后来作者将该文编入《且介亭杂文》中，作者霍冲就是鲁迅先生的笔名。文章说：“旧形式是采取，必有所删除，既有所删除，必有所增益，这结果是新形式的出现，也就是变革。”“采用国外的良规，加以发挥，使我们的作品更加丰满是一条路；择取中国的遗产，融合新机，使将来的作品别开生面也是一条路。”

“古为今用，洋为中用”这一条绝不可改变，改革是完善，不是标新立异，更不是一切推倒重来。文艺界的改革，就是鲁迅先生所言的变革。京剧中传统程式就不能变，用芭蕾舞形式演《红色娘子军》很合适，用咏叹调唱《桃花扇》不会好听，花巨资拍大片去奥斯卡争席位，纯属烧钱。因为，你“入不了流”，是典型的送去主义。重温80年前鲁迅先生的话，对照一下当今舞台，会发观很多不尽如人意的照搬和乱改。为什么在中国不少青少年盲目地成了外国明星的粉丝，而对中国名著无兴趣、不了解，对中国科学家不羡慕，对雷锋精神几近忘怀。

原因何在？引导不利，领导不给力，把一部分青少年的信仰搞乱了。

北大中文系教授陈晓明的《中国当代文学主潮》第二版内称“中国文化有个非常可怕的东西，就是没有权威，没有经典，现在的人无知无畏，他说《红楼梦》为什么要读，如果西方人说《圣经》为什么要读，人家会说你发昏了。中国文化无敬畏之心，就是谁胆子大，有多狠”。

当然“现在的人无知无畏……”这句话不够严密，把负面说得太宽泛了，其他说法我是赞同的。

当今中国，经济基础日趋坚实，如果上层建筑再以巨大正能量锦上添花是人们想看到的。然而，事实是“很不尽如人意”的。

我不反对娱乐性作品，但目前形势是“娱乐过度”了。航天人做出了擎天伟业，却没一部有轰动的作品出现在舞台上；航海上即我们的人民海军，已跻身世界前列，同样无一佳作；国际上美日本质不变，也没有一部作品揭露其精神内核的；菲律宾、越南等国抱美国粗腿在南海兴风作浪，未见文艺作品抨击，在国内未见一部作品对贪腐现象作抽丝剥茧的分析；《红楼梦》、《西游记》电视剧还是“老”的水平高……为什么会这样？如果相关部门不做反省，不克服浮躁，不去“功利”，不花大力气改变现状，舞台上只能小笑、大笑加狂笑；外国来的仍然是“今夜无人入睡……”外国的东西未加发挥，中国的遗产未融新机，就没有“丰满”和“别开生面”。鲁迅先生在1934年6月7日发表了“拿来主义”一文，“所以我们要运用脑髓，放出眼光，自己拿来!”鲁迅先生是批判继承的光辉榜样。对旧的遗产要拿来进行细致的鉴别，严格的挑选，从而决定“或使用，或存放，或毁灭，”80年前的先人已经指点我们，那些“照搬者”、“乱改者”应该汗颜，要对得起祖宗，不要一切“向钱看”；要对得起人民，人民是我们的衣食父母，别让他们受骗失望。舒乙先生说过“文学不是消遣品，它有它的使命，这一条我觉得特别重要，现在流行的一些电视、音乐、电影，最高目的是消遣人生，这是老舍反对的”。

有人认为：现在不出“大家”是因为行政干预过多。我看不是，是因为管理者没管到“点”上。在泥沙俱下的环境里，金子在一定时段会被淹没，然而是金子总会发光，“大家”一定会出在有担当、有使命感，甘于寂寞的人中，但他不一定是“抓钱”能手。

人民生活水平获得很大提高后，搞些娱乐无可厚非。但如果仔细观察、统计一下你会发现，舞台上光鲜，逗乐、消遣的比例太多了！如果这样下去，人们会乐以忘忧，承受不了压力，遇突发事件将束手无策。徐沛东先生说“离开创新，选秀是没有光泽的。节目再好也会像过眼烟云一样”。朝鲜文艺界搞出了“卖花姑娘”。此剧当然成了朝鲜艺术的主旋律和保留剧目，它的深远意义不可低估。不让历史悲剧重演，就得吸取历史教训，我想起了杜牧的《泊秦淮》：

烟笼寒水月笼沙，夜泊秦淮近酒家。
商女不知亡国恨，隔江犹唱后庭花。

杜牧写的是一首政治讽喻诗，用陈后主亡国教训，讽讥唐朝。当时，唐玄宗宠爱杨贵妃，如陈后主一样，沉湎在酒色之中，过着醉生梦死的生活。

秦淮月色，烟水朦胧，月色迷茫，两个“笼”字表现出朦胧迷离、阴暗沉闷之感。在这种气氛中，停船秦淮河酒家附近，本来就萧索寒极，隔江商女不知亡国之痛，还在唱《后庭花》更激起作者反感和愤恨。《后庭花》被视为亡国之音，字面上谴责歌女，实为痛斥纵情声色、不问国事的享乐者。

此词寄托深远，咏史与抒怀结合，情韵均妙，被誉为唐人七绝中绝唱之一。陈后主，史称南朝陈皇帝，名陈叔宝，字元秀（553 ~ 604），582 ~ 589 年在位，《后庭花》是陈后主所制绝曲，可视为曲牌。

陈后主每日与嫔妃、文臣游宴，制傲艳词，玩物丧志，及时行乐。

隋兵南下，陈后主恃长江天险不以为意，结果 589 年隋兵攻下建康（南京），陈皇帝被俘，后死于洛阳，被追封长城县公。

杜牧（803 ~ 853）晚唐诗人，与杜甫被称为唐朝二杜，生于晚唐多事之秋，目睹了唐帝国内忧外患情景。早年以济世之才自负。生性狂放，才华过人，落笔成文出口成章，是唐代青年才俊。

文艺繁荣的景象应该是：精雕细刻、启迪人生，代表民族精神的主旋律为龙头，丰富多彩的百花相伴，作品中舞台上有悲欢离合真景；品尝中有苦辣酸甜真味。作品让人深思，鼓舞斗志；读后充值正能量，使人罪灭心净。我想借此机会，分析一下贪官心路历程，如能找准原因，对青少年理清思路会有帮助。以此作为前面非议（要求）别人之补偿。举几个实例：原铁道部运输局副局长受贿 2490 万元，其妻涉案 1300 万元；国务院扶贫办外资项目管理中心原主任范增玉涉案 6000 万元；平谷支行原行长，42 岁的韩立峰，其母曾提醒他“千万别瞎弄，不然是犯罪”！他照样受贿 1318 万元……这些天文数字，对正常人绝对是“骇人听闻”。

所举例子，只是冰山一角，国家出了这种状况，不能再听之任之了。习主席提出“老虎苍蝇一齐打”太及时了，太符合民意了，不这样“国将不国”。

权力放在个人手里，未能关进笼子里，这对缺乏智慧的意志薄弱者而言就注定一失足成千古恨。贪官们开始是有信仰的，在权、色、钱的诱惑下，逐步动摇，直至背叛信仰。

有这样一句话“有识有力，私魔无踪”。有识就是有智慧，智慧有如照魔明珠，佛经《净土论著》称：“此珠入浊水水则清，入浊心，念念之中罪灭心净。”力是意志，意志是一把消灭自私自利这一魔鬼的利剑。

市场经济下，货币把人分成三六九等，“有钱能使鬼推磨”的意识流冲击着社会人尤其青年人的头脑。这是计划经济时期未曾出现过的现象，这是一个严峻的问题，人性中原来被禁锢的欲望，潮水般释放出来，那些能“抓钱”的人成了人们的“偶像”和“英雄”。党内某些掌权人，经不起通过权力获取物质利益的诱惑，而且求其利益最大化和私有化，于是出现贪贿几百万、几千万甚至上亿元的贪官。民间百姓在议论贪官时常说：“那么多钱，他们怎么花呀!? 他们就不怕犯事?”这话听起来有些幼稚，却是实话。换句话说“你丢掉信仰和社会主义旗号，老百姓不会容你的!”就这一点而言，贪官没眼光、没智慧，当然也就谈不上毅力了。

习主席讲“为政清廉才能取信于民，秉公用权才能赢得人心”。我们要发展经济，保增长保就业。然而靠物质维系政权是比较脆弱的，一旦发现重大波折，会非常危险。所以必须坚决反腐，不论什么人，不论职务有多高，只要触犯了党纪国法，都要受到严厉惩处。

这一点是贪官未预见到的，说明他们缺乏智慧。戴上手铐才明白“还有比钱更重要的东西。”确实晚了！只能当反面教材了。信仰坚定，主义真的人不会落到这种境地的。

我们的先贤靠巨大的历史自觉，靠深切的历史情怀，甘愿为国家和民族牺牲一切个人利益，这是革命胜利之根本。

今天还需要牺牲精神吗？应该说今天特别需要。今天，人们生活水平提高了，但有一部分人心态境界变浮躁和下滑了。有些人，包括很多党政官员，对自己国家的道路和制度没信心，“过了这个村没这个店，捞一笔再说！”这不正是贪官和裸官心态的真实写照吗？这是认识上的差异。习总书记强调“要把党要管党，从严治党落到实处，增强全党特别是领导干部理想、信念的坚定性。”

看看我们周围，为了党的事业，为了人民的幸福安康牺牲的人还少吗？90后的消防队员为救火献出年轻的生命；哪一场救灾的活动不都是年轻的军人和志愿者不顾生命勇往直前吗！一大批焦裕禄式的好党员、好干部是我们永远的榜样，因为他有理想有信念，信仰共产主义。

再看看历史，我们有一批志士仁人，他们不为钱、不为官、不怕苦，不怕死，只有心中的主义和信仰。他们当中的多数人没活到胜利的一天，他们没赶上授勋授衔，没能荣归故里……前面介绍的瞿秋白同志就是其中之一。

这些英烈、先贤、普通共产党人才是我们民族脊梁，真正的英雄。

看看这些人之楷模的业绩，再看看贪（裸）官嘴脸，贪官们只能无地自容。

《人物周刊》在讨论：信仰到底是什么？国内最具影响力的藏传佛教上师，喇荣五明佛学院教授索达吉堪布称：“严格说，没有信仰也是一种信仰。有些人追求金钱，这就是他的信仰。信仰不是有或没有，关键是对与不对。”

有些人与同期人物，在社会环境、家庭背景、受教育程度、历练经历几乎无差别的情况下，为什么有的人能成为时代先行者，历史任务的担当者；而有些人，仕途道路上前期也颇有成效，但后来腐败堕落了。究其原因，是他们丧失了正确的人生观、价值观，被金钱利益腐蚀了革命意志。如果我说“贪官傻”，你会说本人傻。古往今来，诸多领袖人物、“大家”又都是学习的“大家”，要举例子，比比皆是。

贪官们有些小智慧，仕途路上走了几步，便眼盯在“权”、“钱”、“色”上，他们无暇关注学习、修养。因为，信仰“钱”，就处心积虑地抓钱，而且一发不可收拾，糖衣炮弹不打他们，他们都会自投罗网。

共产党员必须有高尚情怀，以天下为己任，肩负着天命。我们要保证政治版图的统一；要维持社会稳定；要保经济持续发展，这三大任务是古往今来的最艰巨的任务。

以习近平同志为首的党中央，具备驾驭中国这个 13 亿人口大国的能力，能够克服面临的各种各样困难，化解各种风险；有能力应对各种危机。习主席执政两年多的诸多成就也证明了这一点。

然而，我们必须居安思危，防患于未然，千里之堤有可能溃于蚁穴的，这些话告诫人民不可被胜利冲昏头脑。毛主席曾说过：“夺取政权只是万里长征第一步。”习主席也说：“改革只有进行时，没有完成时。”

反腐能够胜利，反腐必须胜利。如果不能治理腐败，我们就将自毁长城。人是需要被管理的，哪怕是别人提个“醒”也会使人少犯或不犯错误，必须有批评与自我批评的精神。

最近，被“双开”的干部李春城是一个中央候补委员，他的劣迹早有暴露，他大搞封建迷信活动，迁坟祭祖动静很大，他的上级或同级是知道的，是无人制止，还是制止不成?！官场上明哲保身风气太重了，能否提倡一下“政治上见义勇为”，这也符合习主席提倡的担当精神。

“官场水深，不可轻蹚。”这话虽世俗，也是事实。但该蹚还得蹚，为了党的事业应该“赴汤蹈火，在所不辞”。

（五）婚姻误区

一个国家的婚姻状况，是国民道德水准和社会和谐稳定程度标志之一，在有五千年文明史的中国更是如此。

在西方，如在德国，就有康德的“婚姻契约说”，此说在西方许多国家被认可。马克思主义理论认为婚姻是一种社会关系，以法律形式认定一夫一妻制，男女双方权利义务均等。这里我们先介绍一些古今中外的美好婚姻，尔后再涉入中国现实。

1. 张恨水与毛泽东以诗会友谈爱情

张恨水无党无派，但抗日以来，一直大声疾呼抗日救国，写了许多抗日作品。他不涉官场，但正直的人品一直受到周恩来、董必武的尊重。

重庆谈判时，周恩来引见张恨水到毛泽东办公室，二人畅谈甚兴。

毛主席问张恨水，其名是否有恨水不成冰之意，恨水答曰：“恨水二字取自李后主（李煜）‘自是人生长恨水长东’之中二字，本意为珍惜光明之意。其意非为社会所传。”

笔者附上李煜的《乌夜啼》：

> 林花谢了春红，太匆匆，无奈朝来寒雨晚来风。胭脂泪，留人醉，几时重，自是人生长恨水长东。

张恨水夫人贤慧且知心，报纸上有《悠然有所思》一首古诗，没有署名，夫人告知张恨水，此为夫君之诗。张恨水大笑吟了两句诗“喜得素心人，相遇朝夕共”。毛泽东连吟几遍，竟入沉思。忽然，毛泽东说“我给你读一读我年轻时写的词”：

> 挥手从兹去。更那堪凄然相向，苦情重诉。眼角眉梢都似恨，热泪欲零还住。知误会前番书语。过眼滔滔云共雾，算人间知己吾和汝。人有病，天知否？

今朝霜重东门路，照横塘半天残月，凄清如许。汽笛一声肠已断，从此天涯孤旅。凭割断愁丝恨缕。要似昆仑崩绝壁，又恰像台风扫寰宇。重比翼，和云翥。

毛泽东吟罢，似神游天外，张恨水凝神静听，心里涌起阵阵涟漪，“这是一首爱情诗啊！”张恨水轻言道，毛泽东轻轻点头称是。

“这是我年轻时与我妻子分手时写给她的，她叫杨开慧，是女中英杰。我们那时都从事地下革命工作，常常聚散。写完这首词，我们就再没有见面”。张恨水不解，毛泽东望着他，缓缓说道：“她那时被国民党捕去杀害了。当时国民党有个条件，只要登报宣布与毛泽东脱离关系，就可以不死。但她宁死不从，她是我忠贞的好妻子、好战友，我至今都在怀念她……”，毛泽东说不下去了，他的眼光中晶莹的泪珠在闪烁。

毛泽东的诗词可穿越时空，前无古人后无来者。我们只能谈一点体会。

《贺新郎·别友》

一九二三年

挥手从兹去。更那堪凄然相向，苦情重诉。眼角眉梢都似恨，热泪欲零还住。知误会前番书语。过眼滔滔云共雾，算人间知己吾和汝。人有病，天知否？

今朝霜重东门路，照横塘半天残月，凄清如许。汽笛一声肠已断，从此天涯孤旅。凭割断愁丝恨缕。要似昆仑崩绝壁，又恰像台风扫寰宇。重比翼，和云翥。

词的上半阕是说，相濡以沫的爱人，如今要彼此离别了。“凄然相向”、“苦情重诉”，表现出作者与杨开慧离别时的痛苦心情，眼角眉梢充满了离别恨，热泪差一点掉下来，还是强忍住了。作者将杨开慧离愁别绪的坚强性格刻画得情深意切。

杨开慧要和毛泽东一起从事革命工作，还要带襁褓中的孩子，留在虎狼盘踞的湖南，不能和毛泽东在一起了，这怎么能不使她难过忧虑、柔肠寸断呢！

但杨开慧毕竟不是寻常女子，是优秀的共产党员，经得起感情风暴的冲击，“热泪欲零还住”，共产党员以革命利益为重，眼泪不在别离时流。

“知误会前番书语”一句，是因为毛泽东从前写信给杨开慧，引用了唐朝诗人元稹的《菟丝》诗相赠，诗中句子“人生莫依倚，依倚事不成……”杨开慧看了很生气，认为损害了她的自尊与人格。

解释清楚后，雨过天晴，阳光灿烂，误会消除了，他们的感情更深了。分别时，再谈此事，在于今后不会因小事相互担心。

“过眼滔滔云共雾，算人间知己吾和汝”。往事如云雾滔滔，人间知己只有你和我。

“人有病，天知否？”这个病是人间疾苦。这一句表现出毛泽东和杨开慧对水深火热中的劳苦大众的担忧。正是为了改造不合理的社会，毛泽东才毅然决定别妻离子，出入龙潭虎穴，以无畏的革命英雄主义精神领导中国革命；杨开慧才能够以共产主义者的态度对待与亲人的离别。

下半阕，“今朝霜重东门路，照横塘半天残月，凄清如许”。通过对分离时清晨情景的描述，烘托出浓郁的离别气氛，“汽笛一声肠已断，从此天涯孤旅”。此乃诗人有声有色地表现出对杨开慧的爱。

国之重担压在作者身上，不允许他在情感上有过多的考虑，于是“凭割断愁丝恨缕”。展望前途无限光明，再大的风暴，哪怕是“要似昆仑崩绝壁，又恰像台风扫寰宇。”我们也要“重比翼，和云翥”。

2. 柳如是与钱谦益的凄婉爱情

说凄婉是因为柳如是只活到26岁。22岁的柳如是追到常熟与58岁的钱谦益见面，一见倾心，如胶似漆地过了一个月就到了除夕——二人世界的第一个除夕。钱感叹从未经历如此美妙的除夕，吟诵了《庚辰除夕偕河东君守岁我闻室中》：

除夜无如此夜良，合尊促席饯流光。
深深帘幕残年火，小小房栊满院香。
雪色霏微侵白发，烛光依约恋红妆。
知君守岁多佳思，欲进椒花颂几行。

钱的白发映着柳的红颜又有何妨。柳如是内心甜美，愿为钱谦益奉出一生“妾虽不足比文君，红拂之才美，籍得追陪杖履，学朝云之侍东坡，了此一生，愿斯足矣……”。

22岁的小女子以身相许，58岁的老汉敢于明媒正娶，有情人终成眷属，“烛花依约恋红妆”，美女永远不老。

跨越年龄的爱情是值得称道点赞的，但要真爱、忠爱。那些嫁大亨贪图钱财、地位，后又背叛爱情者，只能留下骂名。

背景资料

钱谦益：

1582~1664年，明末清初常熟人，字受之，明万历年间进士。清兵南下率先迎降，以礼部侍郎身份管理秘书院事。后又参加反清活动。钱博览群书，诗文在当时负盛名，著有《初学集》、《有学集》、《投笔集》等，另又编选《列朝诗集》。

柳如是：

1618~1644年，明末名妓，吴江人，能诗画。著有《戊寅草》、《柳如是诗》等。后为钱谦益妾。本姓杨名爱，改姓柳名隐，又改名“是”，字“如是”。明亡，曾劝钱谦益自杀，钱未从。

朝云：苏东坡红颜知己，侍妾。

苏东坡（1037~1101）发妻王弗小他三岁，王弗27岁去世，后续王闰之，苏东坡做礼部尚书时，王闰之去世，又续朝云。

3. **鱼玄机的爱情箴言**

下面是鱼玄机写给丈夫李亿的诗：

别君何物堪持赠，泪落晴光一首诗。
忆君心似西江水，日夜东流无歇时。

她深知爱情真谛，又写道：易求无价宝，难得有心郎。

鱼玄机：唐朝女诗人（约844～868），字幼微（蕙兰），今西安人。原为出家道士，与温庭筠等诗人以诗篇赠答，温庭筠将其介绍给状元郎李亿为妾。可惜红颜薄命，后因杀侍婢绿翘被京兆尹温章处死。

温庭筠（812～866），名岐字飞卿，山西祁县人，幼时迁江南，自称江南客，与李商隐齐名，存诗330首，是一位善填词的诗人。

鱼玄机富有才华，以道士之身成为唐朝长安城内娱乐交际之花，让不少名士拜倒其裙下，堪称“女中魁元”。

“只要钱到位，有心无心都是郎。”现如今有这种价值观的人大有人在。

4. **担当是婚姻的核心**

爱情是复杂的，婚姻是多重利益的纠葛。一个拥抱，一个亲吻甚至一夜情都是一个激情的过程。但婚姻的过程就是担当，就是一种责任，患难之交就更显高尚。

最近，北京昆剧院院长杨凤一对《董小宛》一剧给了很高的评价。剧中，冒辟疆身患重疾，董小宛不离不弃，董小宛对老夫人的孝义，对冒辟疆的深情以及在非常时期表现出的担当，对现在的青年观众会产生积极的影响。

冒辟疆，又名冒襄。明朝“复社四公子”之一，明末清初人。文辞华丽，曾写过陈圆圆“其人淡而韵，盈盈冉冉，衣椒茧，时背顾，湘君真如孤莺在烟雾”加以赞美。冒辟疆娶董小宛后恩爱有佳。甲申后，夫妻逃亡，一代名妓28岁就死在水绘园影梅庵家中。冒辟疆写下《影梅庵忆语》二千四百句怀念亡妻。才貌双全的夫妇都彰显了担当精神。

5. 婚姻类型种种

纵观古今中外的婚姻，有许多令人称道的故事。

神圣婚姻是常人无可比拟的。杨开慧烈士为国为民为丈夫可以牺牲生命，因此杨开慧名垂千古。

政治联姻变为真爱的婚姻史已有之，文成公主和亲进藏就是一例。

钱谦益与柳如是；李亿与鱼玄机；苏东坡与朝云……属于红颜知己婚姻。他（她）们之间有真爱值得称道。我们对他（她）们要抛开名妓和妾的身份加以分析，因为社会制度是他（她）们无法改变的。

悲情爱。泰戈尔说过“相信爱情，即使它给你带来悲哀也要相信爱情”。

有些夫妻离异了，但仍然以朋友相处，在事业上互相帮助。这种情况对各自重新再次燃起爱情之火是有益的。爱情是值得相信的。“曾经的美好”要多回忆，这样才能避免“爱变恨，爱变仇”。

1936 年，北大教授蒋梦麟迎娶陶曾谷女士，请胡适去证婚。胡适之妻江冬秀阻止胡适前往。原因是陶曾谷是蒋梦麟好友高仁山之遗孀。江冬秀认定娶朋友之遗孀是道德亏欠。

江冬秀的爱情观可称为“仗义爱”，受“朋友妻不可欺”的理念影响很深。

普希金遗孀娜塔丽娅嫁给近卫骑兵团指挥官兰斯克依。婚后，娜塔丽娅一直不忘并怀念着普希金。兰斯克依非但不介意还十分尊重娜塔丽娅的想法。所以我们说兰斯克依有“大度爱”。

西汉辞赋家司马相如写过《子虚赋》、《上林赋》。

卓文君是西汉卓王孙之女，善鼓琴，与司马相如即使当庐卖酒，仍恩爱如初，此为才子佳人爱。

6. 中国婚姻

有统计资料表明，近十年中国的离婚率呈逐年递增趋势。2004 年为 1.28%，2010 年突破 2%，2013 年达到 2.6%。

婚姻问题微妙、复杂、多变。它与人文教育、家庭伦理、社会风情（风潮）、个人品德境界有着千丝万缕的联系。

作为婚姻主管部门有时也很纠结、无奈。网恋三天就要结婚，被称为“闪婚”，双方你情我愿，不能不给登记；闪婚后发现相互间难以包容，各自又寻情别爱，经调解无果，也得批准离婚；第三者插足，“男三”、“女三”都对正常婚姻有很大杀伤力；失去尊严，为了多分房子制造假离婚……

怎么办？以道德教育为主，加强法制，让不自爱的男女吃点苦头。

我在前面文章中曾提出，不必刻意强调从一而终，像汉朝民歌《上邪》中所说的那样固然好。但也要面对现实，明明家庭暴力很严重，该判离婚就得判离婚。

男女之间的爱是个永恒主题，古往今来的文艺作品对性爱都做过不同的描写。《金瓶梅》赤裸露骨；《红楼梦》文雅超俗；现代作品《白鹿原》，日本的《失乐园》以现代眼光对性问题做了多侧面描写。

爱美之心人皆有之。美女（男）从人群中走过，异性目光追随，这是很正常的事，应该说这是尊天理顺人情的事。人和动物在性问题上的区别就是人有理智，有控制力、抑制力；而动物没有。道德、伦理是控制力、抑制力之源，人是灵长类之首，基因中懂廉耻也是二力之源。

治理中国婚姻乱象，同样要德、法并行。法律只能保证社会的有序和人们的行为结果：只有道德才能佑护整个社会的世道人心。耻感是道德的最后防线。耻感是好东西。礼义廉耻是道德标准或准则；我们怀念这些准则，拾起重操绝不是复旧，而是亡羊补牢。孔子曰：“知耻近乎勇。”

“无耻祸国”这个口号该宣扬。人人都想活得好，只有从物质到精神，从社交到政治，各领域都真正地知耻、觉耻，以耻为耻，归正雪耻，保持尊重法律、对法律敬畏，敬重他人、守住羞耻心和良知，才能走出互害的死循环。无耻者，老百姓说的“不要脸”的人，可能一时一事获得利益，私欲得到满足。但仔细观察一下，统计一下，你会发现这些无耻者得到的是“眼前辉煌”。日后得到的只能是堕落和失败。害人害己。

说到耻感必然要提到尊严。无耻感钱再多也不会有尊严，有尊严的人肯定有耻感，钱再多买不来尊严。钱和尊严不划等号。

花心大款不是有心郎。

据报道：内地富豪新贵纪××，30岁时即有几十亿身价。当他成为女明星吴××第七任男友时，有资产21亿。纪××就一口气购买了10辆宾利和10辆劳斯莱斯，以此向大牌明星买情。此行为令人叹为观止。

纪××在吴××怀孕期又勾搭上另外两个女明星。吴××也不是省油的灯，她的前七任男友一个比一个多金，媒体给她冠以“富豪杀手”的名号。她高调宣称“再多的物质都换不回一段纯纯的爱情”，话说得多好啊?!像纪××这样在公众场合表现得优雅有品位，做起事来却偷鸡摸狗的行为，理应遭到众人唾弃。

上面谈到这两位终逃不脱我所说的结局。再送两句曹雪芹的话“一朝春尽红颜老，花落人亡两不知”再次提醒花心的吴××们。

不检点的暴发户是婚姻误区的制造者，他（她）们的负面影响非常大，对年轻人的杀伤力更大。

有耻感要尊严的男女们，你们的婚姻肯定会长远、幸福的。暂时没房没车不要紧，只要努力工作这些都会有的。我说这话是有底气的，但作用不会大。因为，当今社会浮躁风大，有些人价值观“赤裸”，比如说家产可观的老翁征婚，会有一批年轻女子应招。原因是老者一旦离世，将会有可观财产入手。这不违法。然而，此现象让人感到如同吞蝇入口一样作呕。

婚姻不应该成为交易，目前的形势却是许多场合“婚姻市场化”。养小三的贪官和暴发户们早已突破“一夫一妻”制，买卖婚姻之风如今又卷土重来。有的地方彩礼费 8 万～10 万元已被公认是正常现象。有一位29 岁女硕士与48 岁江先生订婚索要40 万～50 万元彩礼费，江先生预交了 10 万元定金，后因故女硕士反悔要退婚。两家闹上了法院，后来法院判定女方退回 10 万元定金。由此可见，“高知”层面个别人都入了“俗流”，抵制歪风之难可见一斑。

“彩礼风”一吹，造成不少农村小伙娶妻难如上青天。他们心里不平衡，心里有个“结”，这个“结”有个人原因也有社会原因，“结”若解不开，于个人不利，于国家也不利。

市场经济让人们想尽办法去抓钱，不能说这不对。但作为社会结构，还有很多工作要做，工、青、妇的工作不应削弱。虽然，这些工作不产生直接经济效益，但却有利于社会的稳定和发展，有利于子孙后代。孔子曾说“知耻近乎勇”，而我们的新闻报道、文娱播报对此没有侧重，而对明星绯闻、结婚排场、婚恋生子，甚至打情骂俏都颇有兴趣，甚至对戒指钻石克拉数都做详细报道，向青少年进行了无意中的负面宣传，对此类倾向，工、青、妇可管，也该管。

作为男性择偶，首先要知道自己是谁，给自己有一个正确定位，要脚踏实地。一般情况，别和挥金如土者比，你也比不了。像七仙女嫁给董永那是神话，这好事轮不到你。你要求外表，先看看自己处于什么档次，假如你很帅，光帅不行，你有才吗？这得让别人评价，在社会浮躁病影响下，多数人过高估计了自己。

女性择偶，白马王子也是神话。如鱼玄机所说，要选“有心郎”，这一条十分难，这要靠自己的眼力、心力和感觉。男人要有担当精神，徒有其表没什么用。“女怕嫁错郎”嫁错郎者多为没读懂男人。作为女子或女孩，沉稳为好。比如在汪峰演唱会上，许多女孩激动地高喊“汪峰，我爱你，我要嫁给你！”这个不太掉价吗?！汪峰不娶你，正常人也不会喜欢你！不可以激情随时燃烧，逮住谁嫁谁，说你耻感不强，你不会同意；但这样绝不是敢爱、敢恨的表现，而是浮躁、粗俗、无内涵的表露；你应该读点书、充充电、消消火。对女人而言过于直白，不是“爷们气”、“汉子气”，而是赤裸裸的无知。

实实在在地讲，已婚者能不离婚尽量维持现状，各自改掉不良习惯，互相妥协是好办法。离婚，首先伤害的是子女，孩子缺爹少娘会给社会给学校都增加不可想象的麻烦，对孩子造成的伤害也是巨大的。

“没有爱情的婚姻是不道德的婚姻”这话字面上没错，除非一方丧失良知，或因生理原因双方共识相互解脱，非离不可，法律会允许解除婚约的；我们不主张逆来顺受，也不主张从一而终，要保障婚姻双方各自追求幸福的权利。但上面那句话很容易被第三者当做托词，不少男女“陈世美”就是这么做的。夫妻双方一方发迹了、升职了、看不起对方了，就以此给移情别恋找根据和借口。

前面讲过，婚姻是多重利益的纠葛。男主角博纳总裁于冬和前妻臧黎黎白手起家一起打拼起博纳影业，事业成了，家却散了，为分数亿家财，为争一双儿女的抚养权而对簿公堂。

臧黎黎讲过一段话，可谓意味深长“十年了，我们从夫妻店白手起家，一步步走到今天”，“我一次次地息事宁人助长了他，如果他第一次出轨时，我就跟家人讲，也不至于是现在的状况”。

共患难的夫妻离异了，可当初恩爱有加。应该说，于的前妻才貌俱佳，有照片为证。为什么离异了呢？于冬爱上其他女人。被新爱的女人就不想想“于冬不会再移情别恋吗?”作为男人你事业再成功，见一个爱一个，太没有“人的自我控制力，抑制力了”，作为灵长类之首的人，应该有别于动物，应该有耻辱感，应该有尊严。遗憾的是当今社会类似的风气还很有市场，认为“我有钱，走了法律程序谁也管不着”。

其实治理上述现象，有一条“通奸罪”就足以震慑了。我在前面提出过治理一下“非法同居”，非法同居无一不属于通奸。法律条文称“通奸：男女双方没有夫妇关系而发生性行为，多指一方或双方已有配偶”。

类似的事，是不能绝对化的。如酒驾问题，当前抓得很严，但仍有顶风作案者。但应该看到和承认，情况比以前好多了。

要在道德层面宣传“无耻祸国”，为社会增添正能量；再有法律保障，就可以对大小无耻者亮剑。

比如：何××是位农民作家，写过小品、电视剧，有些才气。他和原配未离婚，却和高××从搭档成为“夫妻”。高××因病离世，何××儿子车祸身亡，何之原配却大度地收留了何××。

对辞世的高××和不幸的何××，我不想也不应再说些什么，但对此事之影响还是应有明确正确认识的。小有名气的艺人就可以“德无约束，法不管”？如此发展下去，将来还有“婚姻道德吗”?!

著名导演张××在婚姻问题上，也办了一件傻事。才华横溢的他怎么会傻呢?!他觉得“不少名人婚姻上的事千奇百怪，没人过问”，于是他隐婚生儿育女过了好几年。

其实，张××完全可以明媒正娶现任妻子，这样也就免去了妻子几年的隐婚生活。至于超生，是因为他看错了形势。在这样一个高度透明、媒体无所不在的时代，明星、名人们“木秀于林风必吹之”，有些信息还会被海量放大，沉默不了。装傻不会成功，反而会成为负面焦点。结果，张××因超生及隐形婚姻被罚款720万元人民币结案收场。其实，罚张××的警示作用远大于720万元本身。

我看好张××的人品和才华，比如他不同意女儿取得美国绿卡，这一点就值得人们尊重。至于他的才华，有口皆碑，不须冗述。

值得深思的问题是像张××这样高智商、高情商的名人都犯低级错误，说明国内婚姻、生育问题，邪流在涌动。不控制邪流就会奔腾，就会不断冲刷道德底线，最终将使整个社会道德堤坝坍塌。不下道德法制猛药，其误区只会扩大，不会缩小。

（六）教育误区

从娃娃说起。一线城市（二、三线城市亦有）托儿所，每个儿童每月需要费用7000～8000元，甚至一万多元。甚至有钱人还在找档次更高的幼儿园（托儿所）。

“幼不陶铸，长不成器”。古人云“子弟者，大人之胚胎，秀才者，士大夫之胚胎。此时若火力不到，陶铸不纯，他日涉世立朝，终难成个令器”。译成白话的意思就是胚胎是生命开端，秀才是在学的学生，令器是栋梁之才。

国家社会希望青少年从小得到“陶铸”，不提倡娇生惯养；得不到锻炼的孩子很难有出息，成不了栋梁之才。

在这种托儿所里，一切用品皆高档，言必称“国外”。经营者和孩子家长很自然地会说“合法经营，家长有经济实力，想让孩子受良好教育，何罪之有？”

我想要说的是办这种托儿所，符合工商法规，确实不违法。但是，要知道，在中国办事，要有中国特色，要的是办事要符合“三个代表”要求，你符合吗？古代对家训幼教是很重视的，“幼而学，壮而行”、“玉不琢，不成器”、“人不学，不知义”幼年、青年是国家的未来，现如今世界各国都在培养下一代，要传承民族血脉，传承国力，传承文化，一个值得重视的精髓是“磨炼”。

贵族幼儿园与一般幼儿园相比缺“磨炼”。不敢“磨”，人家花那么多钱，娇贵的“小王子”、“小公主”不能得罪。殊不知，这样做其实是在误人子弟。与我国毗邻的韩国就很重视对幼儿的磨炼，让小朋友接触土地，甚至提出“接触细菌”，这是远见之举。

“人为乏趣，天机自然”。花栽在盆中便缺乏自然生机；鸟关进笼中便减少了天然情趣，不如山野花色艳丽自在。野鸟自由飞翔，看起来是何等的赏心悦目。

明智的家长们应该知道“凡事业有成者，无一不是幼小就开始磨炼心智和体质的”的道理。有钱是好事，但不可嘚瑟。庭院里训不出千里马，花盆里栽不出万年松。

2014 年 2 月 10 日，一家报纸载文《美国小学生也过情人节》，还讲了情人节的由来，玫瑰及巧克力的含义。这家报纸是在“催熟小学生”，你说他居心何在？这是一种不顾社会效果，不负责任，只顾赚眼球的错误做法。

今年早些时候，某卫视一档节目让 5 岁心算神童的“女朋友”出镜。中国的电视、电影、网络、报纸如此赤裸的诱导、误导青少年，是一种极不负责任的表现。相关领导应高度重视，相关管理部门也应负起自己的责任来。

2014 年 3 月，作家梁晓声的新作《中国生存启示录》发表。作者告诉读者们如何在浮躁的社会中获得属于自己的幸福，其中有段话“无论中国的传统，还是西方的，最主要的一点就是善，善良，人道。大家也可能暗想，我如果有一个儿子不管他善良不善良，只要有最大的能量和才华作为成功人士就好了，那我没有办法，这样的人生肯定走不远”。

我同意梁先生的观点，善良、人道应该是人文教育的宗旨。前几年，我们的人文教育出现了偏颇，办学上提出，“扶壮苗”。因此，出现了重点校，重点班。时至今日，国家对此现象做了调整和控制，但学生家长仍在“小升初”甚至幼儿园孩子上学问题上做文章。“想让自己孩子成功，没有错误”。任何社会，刻苦磨炼才有成功的可能，没有捷径。找个枪手代考，成功了吗？走后门上了名牌大学，因基础差，跟不上能成功吗？浮躁风吹昏了部分人头脑，到头来还是“失算”了。

有的家长，在经济条件厚实之后想给子女更多的爱，这也无可厚非。然而，方式方法却很畸形。一位大学毕业生、26岁的朱小姐每天由妈妈给穿袜子，中国式的溺爱由善良变成丑甚至是恶。

人文教育要从娃娃抓起，在润物细无声中传递爱和人格培养。好孩子是夸出来的，这话不全对，不能当“全科玉律”对待。对受教育者，不能体罚这是必须执行的信条，但不能没有批评。为什么当前从幼儿园到大学校门，乱象屡有发生，就是不敢管造成的。孔夫子当初如果不严格教育和管理自己的学生，就不会有七十二贤人的问世。

在浮躁风吹拂下，有些施教者把分数变成钱。孔夫子要是抓钱，早就达到“富可敌国”的程度了，但他没这样做。

全国政协常委、复旦大学图书馆馆长葛剑雄教授在政协十二届二次会议上讲了令人信服的看法。

“义务教育必须保证，也是必须强制执行的，国家要规定各地义务教育的最低标准。即便最落后、最贫穷的地方，义务教育也要达到最低标准。最低标准定得十分具体，比如20名学生得配备一名老师，老师教龄多少，大专生比率多少，建筑多大场地，上学最远不超过多少距离，多远得配备交通工具或提供住宿等等。”“另一方面，义务教育要限制最高标准，不能把纳税人的钱花在少数人身上。有些中小学都有游泳馆、天文馆，这不行，应该交给民办学校去办。已经有最高标准的怎么办？开放给大家用，因为社会上不只你一个学校。社会贫富差距，不是靠教育来消除的。但是，义务教育应保持公平。”

关于高考，葛剑雄称“孤立地进行高考改革不可能成功。这个问题的根本，在于每个青年都得有个合理的出路，每个阶层都得该有体面的生活，不是说必须拿张大学文凭才能获得一切。不可能把所有人都送进大学，也没必要，人人争着上大学，这是一条歧路，而且很危险”。

2008年教育部对大学扩招进行反思，首次表示1999年决定的全国高校大规模扩招太急促，盲目扩招带来的师资力量不足及教学质量的下降问题很严重。正因为这一情况的出现，导致马云抛出“读书无用论”。但马云批评的是大学教育未能与社会实践接轨。

抛开浮躁，大学教育应该是精英教育。北理工教育研究所杨东平教授有一份调研中称“20 世纪 70 年代清华学员 50% 来自农村，到 2010 年比例下降到 17%，个别班无农村生，个别官员之子靠权势行贿进入大学”。

这样的局面不是中国特色，反而与西方日趋相似，更谈不上“三个代表”精神了。

大学学科设置必须相对稳定，也没必要赶时髦，过分功利。曾有人提出“没必要设数学课”这种人不一定别有用心，但是是“十分无知”、“十分糊涂”的。殊不知，“数学是思想体操”对开拓思维是何等重要，有的名人在一些场合总称“我数学不好”。虽然是开玩笑，实质却是“得利后卖乖”让人反感。

偌大个中国，没有数理化基础，卫星能上天？“蛟龙”能入海？月球上能有中国足迹？别过分适用主义，别太功利，不要鼠目寸光，难道我们要大量设置“美容系”“冬虫夏草系”，甚至“抓钱系”吗？

当然，课程设置一要结合社会实践，二要有科学性，沿着科学脉系办事。中国精英教育离不开数理化，但数理化没必要贴上市场经济标签。

但也应该看到，文凭是有吸引力的，野鸡大学不是为此应运而昌盛吗！

目前，外国野鸡大学又称“学店”、“学历工厂”。有资料表明这类大学的 95% 学位证明给了中国人。这是一种灾难，中国人让洋人骗了还沾沾自喜。

我想随着国力增强，民族荣耀感增强，耻感强化，不正当的洋学历，会退出市场的，用人单位也应该不唯文凭，谨慎用人。

作为教育主管部门有权有能力控办国产野鸡大学，在国内不要让野鸡大学在大学行列中滥竽充数。同时，也要严控“教授”名额。如今，大学教授中滥竽充数者大有人在，在名校中这种情况很少，在野鸡大学中就司空见惯了。

正规的大学教育应该是精英教育，是优中选优的过程。也正因为如此，哪一个国家都不可能实现“大学普及”。

高额的花费使越来越多的人上不起大学。另外，社会对大学生的需求也在发生变化。社会发展快，科技突飞猛进，许多行业有消失、有转型，新学科也在诞生。还有一个说奇怪也不奇怪的现象，“消失的行业又重生”了。

形势要求每个人必须养成终身学习的习惯，只有这样才能使自己立于不败之地。

现在互联网发展迅速，人们可以通过互联网学习知识取得学位。

这样做，好的大学不愁没学生，可以用互联网传授知识并获得收益。平庸的大学将门前罗雀，甚至关门；野鸡大学就只能自行消失了。

上面所言，绝非是空谈，乃今后高校改革必须之思考。

（七）环保误区

污染是可治理的。

李克强总理号召并要求，向包括雾霾在内的污染宣战，就要“铁腕”治污加“铁规”治污，对那些违法偷排，伤天害理的行为，政府绝不手软，要坚决予以惩处。对那些监管不到位的监管者要严肃追查责任。

政府动真格的了，环保是可以达标的。

近代环境学先驱兰克·艾格勒称“环境问题有90%是社会及政治问题，只有10%才是生态问题。伦敦的转型依靠的是政府决断（瓦斯替代煤就是一例）”。

1905 年，伦敦名医德佛首次用“雾都”这个名字称呼伦敦。

学界早有定论：控制工地扬尘完全没有技术难度。据调查，烟台、南京、重庆、昆明等城市来自工地的扬尘是其主要污染源。

痛定思痛，环境问题依然严峻，但我们有信心治理好污染。原因是政府决心大、力度大，老百姓衷心拥护办好此事，我们的社会制度也能保证办好大事。

前些年，为了 GDP 不少事做得带有掠夺性。比如：

房地产业开展起来，工地扬尘没人管。后来管了，又有不少场合作秀，送点礼，上点供，绿灯就有了；

汽车进入百姓家，年检验尾气真达标者，有；未达标或者根本无法达标的车，花点钱肯定通过；

一个小型造纸厂有可能是某地区纳税大户，关停是不可能的，购置了污水处理装置，平时不用，应付检查时作秀，偶尔用用；

小煤窑到处开采，有的地区竟然搞起了土炼油厂；

无限量地使用化肥，造成土地板结。烧秸秆，做肥料；

前几年煤锅炉对消烟除尘不够规范，废气排放也不合格。

装修装饰行业如火如荼地发展起来，假货、伪名牌比比皆是，甲醛在污染着空气，在伤害着百姓。因为缺乏认真管理，以牺牲环境换来些许财富的事屡禁不止，看看北京市遍地的烤羊肉串摊，在污染着宝贵的空气。

中国的环保问题与腐败紧密相关。

现在形势好转了，清除腐败，层层把关，大动作（如煤改天然气，拆除水泥窑，强化防沙，强化防护林工作等）国家把握；《全国生态文明意识调查研究报告》填补了国内公众生态文明意识研究领域的空白，对有效推进公众参与生态文明建设具有积极意义。

从方方面面的统计资料及报告看，环境确实在天天改善，在我们生活的空间也会有所感觉。

环境改善了，是最大的保健。治污、治霾必须全国一盘棋，空气和水都是流动的。中国的大气污染水平，长期超过环境承受力，城市化步伐加快使得这一问题更加严重，这一对矛盾又给我们提出一个新的难题。因此，改变中国环境空气质量工作不容乐观，大气污染治理任重道远。

民众要与政府同心同德，尤其是企业家要以良知对待环境治理工作，不可见利忘义。我倡导“干点良心活，做点积德事”，绝不允许有伤天害理的行为。

我们重述：以家庭为单位的水净化和空气净化，对我们的生活质量能起到一定成效；但只能算权宜之计。因为人是社会人，大的环境不治理好，我们同样难逃其害。

在这里还想提醒要购买环保设备的用户：别听商家忽悠，一定要请有专业知识的人帮你选用相关设备。

还要提醒相关主管机构：别为了扩大就业门路，就乱批执照，小心“水净化和空气净化设备厂家，在生产过程中又产生二次对水和大气的污染”。

（八）美容误区

美学是关于感性认识的科学。感性认识的完美就是美，否则就是丑。也有人说“美是一种态度”。美学有多种分支，如技术美，劳动美，心理美，生活美等。“爱美之心人皆有之”尤其当人们物质生活大幅度提高之后，追求美的范围更加宽广。

我们一直强调外表美与心理（心灵）美应统一，这一点不能变，也不会变。戴一枚（或两枚）钻戒是一种美，双手戴8～10 枚钻戒就不美了，说丑也不过分。说明“美”是有客观标准的，而且这种标准是不言而喻的。戴 10 枚戒指是钱把你变丑了。美，没有终极；美，不是生活的全部。英国某少年每天花 10 个小时拍摄 200 多张自拍照片，试图找到完美之作，终因不满意自身形象而自杀未遂。这说明，完美疲劳造成的困扰大大超过了审美疲劳。

国人中有“不惜生命为代价去整容”的弄潮女。一位电影女明星曾在《南方人物周刊》上有篇自述文章说：“也曾跟风去韩国微整容，打过一次针，回来就再也不要去了。打针后半个月，脸是乌青、肿的，接下来两个月是皮笑肉不笑，好不容易过了两个月，自然一点了，就吸收掉了。等于前后漂亮也就两个月，但痛苦还要延续很久。还有一个危险性，跟隆胸一样，得在10年、20年后，才知道有什么危险。宁愿皱纹多一点，老就老吧!”

据统计，2013年，全球整容手术2300万件，其中女性占87.2%。

市面上，注射玻尿酸隆鼻属于医疗美容项目，但必须是有资质的医院和医生才能进行操作。湖南省一位25岁的年轻女士因为私自购买玻尿酸产品，请做护士的妹妹在家中为自己注射，结果导致了左眼视力永久丧失。

某洁容霜被检测出含苯酚。而苯酚易从皮肤黏膜及创面吸收，会引起皮疹，长期大量使用会致癌。女性长期使用含苯酚的产品，还会影响生育能力。

类似的例子，很多很多，可老百姓已司空见惯了。

这种草菅自己的勇气从何而来？我想是由于这些人不懂美，无知但有目的冲动造成这种后果。这些坑人的后果是由下列人造成：黑心技术人员，黑心商人，黑心广告商。这些带黑字的人，不是无知，而是把知识用在邪道上去了。济南警方就曾在多个美容黑诊所里查获了肾上腺素注射液，据犯罪嫌疑人供述“这是为防范手术时要是人不行了赶紧打急救针”。

天生丽质，是女人梦寐以求的愿望。但要实事求是地讲，爹妈给的外貌是难以选择的。荒野变园林是可能的，但是科技再发达，个人财富再多，想通过美容变成天仙也是很难的。

女人是母爱的主体；女为悦己者容，女性又是爱的载体，爱美是一种天性。然而，天生丽质的人，在人群中凤毛麟角。因此，我们提倡自然美方为恰如其分之美。

美是有度的。我不否定美容这一行业，再说任何个人都没这个能力和权利。化妆、用美容品美容也无可厚非，锦上添花的事是可以做的，但要得体。要紧的是千万别伤筋动骨，因为不值得。

有些人跟星成风，我诚恳地告诉你“明星也不是完人，他们的价值观和舞台形象未必一致。不可把明星视为楷模”。如果为了美而“东施效颦”就可悲了。

牡丹雍容华贵。但鲜花盛开的季节，没有百花陪衬，牡丹一花独放也难成就其“国色天香”。各种美综合起来才是世界之美。

“天生丽质”难有量化标准。古往今来，美女不是徒有其表，她们在她们所处的时代历经坎坷，做了“大事情”。我想要说的是这些大事情，都涉及国之兴衰，很不凡。

杨玉环即杨贵妃（719～756）唐普州永乐人（今山西芮城西南），晓音律，唐玄宗之子妻称瑁妃。天宝三年（744）入宫，得玄宗之爱，次年被封为贵妃，家人皆显贵。堂兄杨国忠操纵朝政，政事败坏。后安禄山以除杨国忠为名发动叛乱。玄宗逃至马嵬驿（陕西兴平西）时，军士以咎杨家，杀杨国忠，杨玉环被缢死。

我们节选白居易所作《长恨歌》开头与结尾数句，看看白居易是如何描写唐玄宗与杨贵妃的爱情悲剧及杨贵妃的美的。

汉皇重色思倾国，御宇多年求不得。
杨家有女初长成，养在深闺人未识。
天生丽质难自弃，一朝选在君王侧。
回眸一笑百媚生，六宫粉黛无颜色。
春寒赐浴华清池，温泉水滑洗凝脂。

侍儿扶起娇无力，始是新承恩泽时。
云鬓花颜金步摇，芙蓉帐暖度春宵。
春宵苦短日高起，从此君王不早朝。
承欢侍寝无闲暇，春从春游夜专夜。
后宫佳丽三千人，三千宠爱在一身。
金屋妆成娇侍夜，玉楼宴罢醉和春。
姊妹弟兄皆列土，可怜光彩生门户。
遂令天下父母心，不重生男重生女。
……
临别殷勤重寄词，词中有誓两心知。
七月七日长生殿，夜半无人私语时。
在天愿做比翼鸟，在地愿为连理枝。
天长地久有时尽，此恨绵绵无绝期。

在诗中，诗人叙述批判了封建统治集团因腐朽荒淫招致祸乱的历史教训。在词的后部分作者对帝妃之间爱情做了歌颂，并给予同情，前后之矛盾突显了这篇诗作的思想性艺术性的高境界。

“天生丽质难自弃”的现实注定了杨玉环的命运。

再看一位为国远嫁的王昭君（公元前52年至前20年）。

王昭君，名王嫱，南郡秭归人（湖北兴山）。天生丽质，聪慧敏秀，琴棋书画无所不能。公元前36年汉元帝诏选秀女，同年初夏，王嫱达京城长安，进宫后不肯行贿，画师毛延寿在她的画像上，点丧夫落泪痣，被贬冷宫。公元前33年，匈奴对汉称臣，呼韩邪单于请求和亲，王嫱慷慨应诏，汉元帝见昭君后惊为天人，被封“宁胡阏氏”史称“昭君出塞”，汉匈和睦国泰民安。公元前31年呼韩邪单于亡故，昭君与呼韩邪单于留有一子，伊屠智伢师，即日后的“右日逐王”。昭君以大局为重，按匈奴“父死，妻其后母”的风俗嫁给呼韩邪单于的长子复株累单于雕陶莫皋为妻，又生二女，昭君去世后葬于今呼和浩特市南郊。

到了晋朝为避太祖司马昭之讳，改王昭君为明君、明妃。

杜甫《咏怀古迹》写道：

群山万壑赴荆门，生长明妃尚有村。
一去紫台连塑汉，独苗青冢向黄昏。
画图省识春风面，环佩空归月夜魂。
千载琵琶作胡语，分明怨恨曲中论。

天生丽质的王昭君做了一件名垂史册的大事情。

西施，原名施夷光，生于浙江诸暨，春秋末期人，天生丽质，貌美如花。

越王勾践臣服吴国，但卧薪尝胆，谋复国。针对“吴王淫而好色”的个性，与范蠡合谋，献西施给吴王夫差。

夫差筑大池终日与西施戏水，在响屧廊中，整天跳响屧舞，最终众叛亲离，失国丧身。吴国亡后，西施不知所踪。

貂蝉，原是汉代侍从官帽子上的装饰物，司徒王允家的歌妓借用此名。

权奸董卓，按旧时说法“上欺君，下压臣”武将吕布为其义子。王允设连环计，借吕布之手杀掉董卓。

貂蝉为恢复汉室而献身。

天生丽质的人可以成就常人做不到的事，刘关张三英赢不了吕布；貂蝉则能按王允之计指使吕布杀掉董卓。

史上美女如云，如甄妃，原来嫁给袁绍次子袁熙为妾。甄妃之美令曹丕拿不住宝剑，再嫁曹丕为正妻，称得上是历史异数。

天生丽质不是错，更不是罪，前面说过她们都做了大事情，天生丽质者成就了一些“大事情”，是历史的机缘。但是，我们也应看到历史上这些美女都是帝王将相棋盘上的棋子，成败在博弈人，不在棋子。所以，我说“没必要用现代眼光去论天生丽质是与非”。

唐末诗人罗隐（833～909）写了两首诗，见解独到，我们不妨一读。

《西　施》

家国兴亡自有时，吴人何苦怨西施。
西施若解项吴国，越国亡来又是谁？

《帝幸蜀》

马嵬上色翠依依，又见銮舆幸蜀归。
泉下阿蛮应有语，这回休要怨杨妃。

《西施》易理解，无须解释。

《帝幸蜀》一诗需要讲一讲其背景。唐朝广明年间（880～881）黄巢攻入长安城，僖宗皇帝出逃到四川，至光启元年（885）才回京城。阿蛮即阿瞒，唐玄宗小名。

大意是说：这又一次皇帝出逃，地下的唐玄宗该说话了，这回不能再怨杨贵妃了吧。以此来告诫后来的帝王，不要诿过于人，祸乱奔亡，再也别找替罪羊了。罗隐也告诉后人"女人不是祸水"。

古之天生丽质，做过"大事情"，不是容颜成就功业，而是她们历经坎坷，艰苦卓绝牺牲个人利益方成就了"大事情"。

现代天生丽质者，我认为秦怡女士必居其中，秦怡女士是我们的前辈。她历经新旧社会，阅尽人间千姿百态，历经荣辱兴衰，在暮年赶上了中华复兴的好时代。秦怡女士，无论在银幕上还是生活中永远那么光彩夺目，90 多岁高龄还在写剧本拍电影，太难能可贵了，她是当代做"大事情"的天生丽质者的代表。秦怡女士是以时代骄子身份，历史担当精神在奋斗着。生命不息，奋斗不止，是她一生的写照。

自知者明，知人者智，和谐社会，常人要有常人的活法。在容颜上不可追求完美，追求完美必然会避坑落井。

最美乡村教师，最美人民警察，道德模范……他们不属于天生丽质，但属于大众楷模。

客观地讲，有时候爱能陶冶美，你说"双眼皮美还是单眼皮美”尽管尚无定论。但在真正情人眼里，完全有可能“天然的单眼皮更美”。情人眼里出西施，就是这个道理。邢李原曾这样赞誉他的妻子林青霞——行如风，面如画，眼如炬，笑如花，心如水，胸如海，人如玉，气如兰。

我们不去讨论其文笔是否华丽，要看重的是丈夫对妻子之爱。

人的内心世界，为了充实内涵，可以不停地雕琢、修炼，对外表则不可过分追求完美。不是天生丽质，你再整容也不会重塑金身。任何人，只要能释放正能量就会有美丽的人生。

过分追求外表完美，你会“完美疲劳”，你会活得想入非非，做事不知所遵，说话不知所云，你会避坑落井。

借用梁漱溟老先生一段话，来结束这一话题是再恰当不过的了。

“情贵淡，气贵和，唯淡唯和，乃得其养，苟得其养，无物不长。”

（九）幸福误区

有一份资料显示，1997～2011 年的 14 年间日本每年自杀人数超过 3 万人。其中，就业问题是头号杀手。

日本经历了二战的创伤，加之国土有限，资源不足，使得其民众忧患意识强，工作热情高。据说其民众感知压力在亚洲是最大的。

因此，虽然日本人生活水准较高，但幸福指数并不高。韩国总统朴槿惠也承认“韩国人民幸福指数不高”，而且亟待解决此事。时下，在日本民众中有句话很流行，“何以解忧，唯有卖萌”。顺便说一下“卖萌”。

我以为“卖萌”就是“装傻”、“装嫩”，展示一种憨态或滑稽态，说一种能引人发笑的话，自我解忧。

有人说因为“萌”，2013 年日本自杀人数降至 2.7 万人。

我不想贬低“卖萌”的作用，但笔者认为“萌”的作用治标不治本。“布茅疏淡，颐养天和”。只有在粗布被窝里睡得香甜的人，才能领悟出恬淡生活之乐趣。解决温饱后，人生的真正快乐在于求得精神上的愉快。因此，孔夫子说“饭蔬食饮水，曲肱而枕之，乐亦在其中矣，不义而富且贵，于我如浮云”。

就全局而言，国人多数“身在福中，知福而且感恩”，但“吃完肉就骂娘”的人也有。这部分人往往衣食无忧，贡献不突出，茶余饭后高谈阔论，发发牢骚……

为什么会有这种现象，就是人的心境和思想认识出了问题。

不能否认，因为贫富差距大，加剧了人的浮躁情绪增长。幸运的是习近平主席亲自抓“新型城镇化、收入分配、户籍、纪检等领域已经或即将出台政策”这一工作，已见成效。即将召开的十八届四中全会的主题就是依法治国。依法治国是“建设现代化国家治理体系”的重要一环，视为中国第五个现代化。孔子认为颜回是超凡脱俗的好弟子。

子曰“贤哉回也！一箪食，一瓢饮，在陋巷，人不堪其忧，回也不改其乐，贤哉，回也！”

讲的是颜回虽然过着低水准生活，但自得其乐，丝毫不受外界物欲的困扰。颜回有明确的精神追求和向上的思想境界，颜回有坚强的意志，他的精神总是充实的。

想一想当代雷锋精神，是不是与古代圣贤们有惊人的相似！

苏东坡在《前赤壁赋》中有一段精彩至极的话。

> “寄蜉蝣于天地，渺沧海之一粟，哀吾生之须臾，羡长江之无穷……天地之间，物各有主，苟非吾之所有，虽一毫而莫取。惟江上之清风，与山间之明月，耳得之为声，目遇之而成色，取之无禁，用之不竭，是造物者之无尽藏也，而吾与子之所共适”。

苏东坡以“大江东去，浪淘尽，千古风流人物”的博大气派而发人生宇宙之兴叹，可谓气度恢宏，彻悟人生。正是因为苏东坡有远大的抱负，厚实的修养，高尚的智慧，他才能明山川之大美，弃名利于身外；正是因为苏东坡看明白了这个世界，他才能几经沉浮而志不衰。

人，应该用毅力去创造幸福，享受创造过程中的幸福感。同时，还能享受给别人幸福时的满足感。先贤颜回如此，当今雷锋精神的内涵也是这样，帮助别人快乐自己……一种高尚的境界。有这种境界的人必定一生幸福。

人生天地间，人人都是沧海之一粟“而吾与子之所共适”的空间条件是相同的。古往今来功成名就者，有少年英雄，也有大器晚成者。但有一个规律，急功近利者，怨天尤人者难成气候，满腹沮丧，懊悔，心不静，气不宁，做事无方寸，又何谈事业。要想成就事业必须抓住机会又要志向坚定，从小事做起，义不纠结于小利。

要像苏东坡一样，认知天地万物有“取之无禁，用之不竭”的“无尽藏也”，也有“虽一毫而莫取”、“物各有主”的果实。追求幸福是社会发展的动力之一。对个人而言，幸福不会从天而降，要靠自身奋斗。对幸福，期望值不可太高，太高了，一旦失望，失望和打击就太大了。

对于人间炎凉冷热，要有超然的态度。人是光身空手进入尘世的，假如能悟出此理，对世态变迁就看得淡漠了。埋怨别人趋炎附势，看到别人见利忘义，说明自己名利之心未泯。抱着名利之心居官，官位会成为众矢之的；抱着名利之心享富贵，富贵会成为烦恼之源。如果自己陷入名利场不能自拔，以为名利均应归我，那你会永远得不到幸福。

工作上高标准，生活上低标准这是雷锋精神也是安身立命之本，更是成功之本，也是有生命力的幸福观、价值观。有的人，看到同事、同学级别比自己地位高，收入比自己多，房子比自己的大，车子比自己的档次高……死活想不通。即使福利待遇比你高的人能力不如你（这种事往往是自我感觉），而且真实情况如此，你也没必要耿耿于怀，不能自拔，你这样只能自寻烦恼，解决不了任何问题。相反，你这样死心眼只能证明你能力水平不高。

“比上不足，比下有余”的思想，不是阿Q精神，是面对现实寻求幸福的良药。

老子曰“知足常乐，终身不辱，知足常止，终身不耻”。这句话的哲理，可供后人永世受用。

一夜暴富，会有幸福感，但概率太低，也轮不到你。就好像中了彩票500万大奖的事，可遇而不可求。

漂亮的女性对你有好感了，可你已经有美满家庭了。如果，你移情别恋另讨新欢，注定你要倒霉，活生生的例子还少吗?!这样短暂的“幸福感”要尽快剔除。

贪官们受贿百万，千万甚至上亿，当时幸福感很强，这是赌徒心理，结果会终身坐牢，赃款全部退回。苏东坡曾告诫后人“虽一毫莫取”。

抢和偷“来钱”都快，进“局子”也快。盗贼用偷来的钱在消费时，也曾有幸福感，但太短暂了。

高考，枪手和被代考人都曾想“幸福”。暴露后，二者都成了过街老鼠，年纪轻轻就有了耻辱记录。

学古人，要像颜回、苏东坡那样，他们是幸福制造者和认知幸福的传播者；学今人，雷锋同志的所作所为都是幸福信息。无论古今，鸡鸣狗盗之徒，永远无幸福可言。

（十）价值误区

比尔·盖茨和妻子梅林达·盖茨只留给他们3个子女每人1000万美元资产，比起总资产760亿美元那是少之又少。巴菲特的3个子女每人得到20亿美元基金，剩下的钱全部捐给了慈善事业。

给子女留多少钱合适，巴菲特有句名言“既要让他们觉得自己能做任何事情，又不会多得到他们一事无成”。

两位巨富都认为应该将大量财富用于创建一个更美好的世界。一旦让子女支配大笔遗产，他们将无法做出明智的抉择也不能健康有意义地生活。大笔财富会把人毁掉。

用中国文化内涵来衡量这两位巨富的人品，真够得上“仗义疏财”。一个活得潇洒的人，不应被身外之物所累，孟子曰“居天下之广居，立天下之正位，行天下之大道，得志与民由，不得志独善其身，富贵不能淫，贫贱不能移，威武不能屈”。

由于文化背景等不同，至今尚未见哪位中国巨富能像比尔·盖茨那样慷慨潇洒。

我要说的是，当今的巨富们，你们要感恩，感恩于党的政策，你们有了宽泛的话语权，你们得到了荣誉甚至政治地位。不能否认，你们有经营智商，但不可以认为你们发财完全源于个人能力，你们应该“行天下之大道，得志与民由……”要为振兴中华出力，正当经营不可走歪门邪道。改革开放以来，个别富人良心泯灭，做出有负于人民的事；还有一些“小巨富”在社会上刮起“暴发户心理之风”，社会影响极为不良。我们必须举全社会之力，撼动进而根除“有钱能使鬼推磨”的认识上的孽根。

在用人上，也同样存在价值观问题。

司马光认为品德比才华更为重要。他把人分为四等；第一等德才兼备，是圣人；第二等品德非常好，才能稍差，是君子；第三等很有才华，但缺乏品德，是小人；第四等既无才也无德，是愚人。司马光认为用人的时候，宁可用愚人，也不要用小人。“愚者虽欲为不善，智不能周，力不能胜”。但是，“小人智足以遂其奸，勇足以决其暴”，“为害其不多哉”！

用人之道，学问很深。司马光是在告知后人，用圣人用君子最为理想，理想之事实现起来，何其难也。用愚人不用小人是因为小人副作用更大。

能抓钱、能抓项目的人容易被重用。一些贪腐官员当年也曾是青年才俊，如前铁道部长刘志军，为铁道事业发展做过贡献，不然他也当不了部长。问题在于，刘志军经不住诱惑被糖衣炮弹击中，腐败犯罪。按司马光的说法刘志军是小人了。其实，从刘志军在办公室里设“靠山石”开始，其犯罪苗头就凸显了。能抓钱能抓项目不是错，但用人必须全面综合，不能看某人一时一事。“疑人不用，用人不疑”，一旦用了他，就要全面培养，说监管也并不过分。发现错误，被指出后能改正者仍可继续进步被重用；看不清形势利令智昏者，只能咎由自取了。有的成功者的成功建立在一种自私自利的基础上，那么他的成功很可能是失败的开始。

再举几个价值取向的例子。

有钱人请一位月嫂，月薪万元以上，甚至更高。这本是两厢情愿之事，用不着别人说三道四。只是想用此事分析一下大小富人的心理。

从报纸上看，月嫂多为有一定阅历的中年女性。她们学历不高，育儿有些经验。其月薪超过工程师、医生，甚至大学教授，这很不正常，是对知识的蔑视。有些国外评论认为“中国人在这个问题上太傻”，这么高的价是“炒起来的”，对金钱流动起到了加速作用。设想一下，社会上绝大多数人是无力承担这笔费用的。有的小夫妻综合月收入才达万元，即使不吃不喝也请不起月嫂，有时找个幼儿园还要考察一下价位呐！

和谐社会，要让人心智和谐，我断定炒起来的事不会持久。正如其他社会现象一样，必有法规控其运行，使其进入正常轨道。

在就业问题上，价值取向的缺规、缺法使不少用人单位急功近利，做事多短期行为，只想快速出成果，没有培养人的打算，往往造成梯队断层。

有时要找一位心灵手巧的技工很难，原因就是缺乏培养的时间。有些手艺速成是不行的。可如今速成的事太多，半月的短训班能出高手吗？

劳务价格飘忽不定，用人者根据需要有时误导抬价，劳务者这山望那山高。双方都重视“鱼”，双方都忽略“渔”的重要。这样下去终端质量无法保障，长期这样下去，不但有水货，还有“水活”。这方面的例子在制造建筑行业非常多，也很突出。

社会和谐需要亲情，我们需要植根于中华民族土壤上的亲情，这样才有中国特色。

为了分父母的遗产，有人打出亲兄弟明算账的旗号，这是玩弄概念，这有违于传统道德。兄弟姐妹多人，能力不一样，财力不一样，兄长财力雄厚，小弟积财有限。兄长打出“亲兄弟明算账之旗号”，多给小弟一些父母遗产份额，兄长死活不同意……这哪是有良知的中国人干的事啊！

这句话在锦上添花的事情上是要遵循的。比如，两个人合伙做生意赚了钱了，的确要明算账。而上面的例子，财力雄厚的兄长一分不要方为上策，也才能有兄长之尊。

近几年，人民感觉“人情薄如纸”就是“钱闹的”。类似的问题要从道德层面抓起，不能只满足法律来处理问题，问题解决了，但亲情没了！人人都为钱，而丧失了人伦亲情，太可悲了。

价值取向与耻感密切相连。一个没耻感的人买了个假证，用假证挣了钱，你说这样怨谁？笔者说这叫“不要脸的碰上了不负责任的”。其实，洞察一个人的才学通过谈话、共事很快就会知晓。笔者就见过一位手持高级工程师假证的人士，他声称是搞材料和设备专业的，可他居然不知道什么是“屈服极限”和“强度极限”，狐狸尾巴立马显露。

解决价值取向问题，要继承传统的仁义礼智信的核心内涵，要从道德层面洞穿自己，要从智慧层面洞察外界任何事。

生活中有些人有了一点本事就傲气待人，由于有些能力，就过分自信，目中无人。这种人非常自我，价值观肯定要出问题。而且，这种人又易染上浮躁病。有修养的人，往往具备公正、无私、诚恳、同情的品格，这种人能正确评估自己，价值观会符合社会现实。

钱是什么，钱是价值的代码。古往今来，中国外国，发展经济都离不开钱。对货币的崇拜往往形成虚幻的成功，存款数天天增长，心理上形成了无可名状的幸福感，人就完全被钱控制了。其实，货币如果不流通就是一堆纸。

对钱的态度是考量人的精神境界和道德水准的计量表。

贪官吸人民血汗钱归己有，最终身败名裂，无须细说了。

一群子女为父母生活费和医疗费对簿公堂，谁都不肯多拿一分。此时此刻，“钱比亲爹重要、钱比妈亲”令人悲催，令人心寒。

婚前先公正财产，尔后结婚……在这里，爱情绝没有歌里唱得那么美，“爱情价不高”给人“搭伙”之感。从道德层面讲爱情是相互交融、相互担当的“二合一”。

假烟、假酒、假药、假证、豆腐渣工程都能发财，这是出卖良心的钱、黑心钱。

靠偷、抢、骗、贩毒、贩卖人口来的钱更不屑一说。这些人的行为与动物掠食行为本质一样。

钱多了，重婚有了，离婚多了，男女“陈世美”多了。

有些名人不守规矩，假广告多了，受骗的人多了。

帮助别人快乐自己，志愿者精神值得千秋赞颂，代表人物就是郭明义。

男士买了房子写妻子名，仗义，爱情价真高！

那些几十年照顾植物人丈夫（妻子）的人，是何等令人崇敬。

各行各业的孝星，为了父母倾尽所有的人是中华品德之楷模。

为了人民利益献出生命的各方人士万古流芳。

同一蓝天下的人，有不同价值观这是正常现象，也是一种规律。然而，和谐社会必须正气居上风，也就是要强化正能量。

如何强化正能量，刘云山同志指出“要把核心价值观贯穿到国民教育，精神文明建设，党的建设之中，渗透到人们日常生产生活之中，打牢培育核心价值观的社会基础”。

对国人而言，不能懵懂满足于守法，要强化社会主义核心价值观的理论学习，并在日常生产生活中去践行。

我们要以愚公移山的精神撼动进而铲除庸腐的价值观，要以积土成山的精神推动社会主义核心价值观建设。